大家小书

闲坐说诗经

金性尧 著

北京出版集团公司
北 京 出 版 社

图书在版编目（CIP）数据

闲坐说诗经 / 金性尧著 . — 北京 ：北京出版社，
2016. 7
（大家小书）
ISBN 978-7-200-11973-2

Ⅰ. ①闲… Ⅱ. ①金… Ⅲ. ①《诗经》—诗歌研究
Ⅳ. ①I207. 222

中国版本图书馆CIP数据核字（2016）第064813号

总策划：安 东 高立志 责任编辑：陶宇辰 莫常红

· 大家小书 ·

闲坐说诗经

XIANZUO SHUO SHIJING

金性尧 著

*

北京出版集团公司
北京出版社 出版

（北京北三环中路6号 邮政编码：100120）

网 址：www.bph.com.cn

北京出版集团公司总发行

新华书店经销

北京华联印刷有限公司印刷

*

880毫米×1230毫米 32开本 10.125印张 120千字

2016年7月第1版 2023年6月第5次印刷

ISBN 978-7-200-11973-2

定价：38.00元

质量监督电话：010-58572393

序　言

袁行霈

“大家小书”，是一个很俏皮的名称。此所谓“大家”，包括两方面的含义：一、书的作者是大家；二、书是写给大家看的，是大家的读物。所谓“小书”者，只是就其篇幅而言，篇幅显得小一些罢了。若论学术性则不但不轻，有些倒是相当重。其实，篇幅大小也是相对的，一部书十万字，在今天的印刷条件下，似乎算小书，若在老子、孔子的时代，又何尝就小呢？

编辑这套丛书，有一个用意就是节省读者的时间，让读者在较短的时间内获得较多的知识。在信息爆炸的时代，人们要学的东西太多了。补习，遂成为经常的需要。如果不善于补习，东抓一把，西抓一把，今天补这，明天补那，效果未必很好。如果把读书当成吃补药，还会失去读书时应有的那份从容和快乐。这套丛书每本的篇幅都小，读者即使细细地阅读慢慢地体味，也花不了多少时间，可以充分享受读书的乐趣。如果把它们当成补药来吃也行，剂量小，吃起来方便，消化起来也容易。

我们还有一个用意，就是想做一点文化积累的工作。把那些经过时间考验的、读者认同的著作，搜集到一起印刷出版，使之不至于泯没。有些书曾经畅销一时，但现在已经不容易得到；有些书当时或许没有引起很多人注意，但时间证明它们价值不菲。这两类书都需要挖掘出来，让它们重现光芒。科技类的图书偏重实用，一过时就不会有太多读者了，除了研究科技史的人还要用到之外。人文科学则不然，有许多书是常读常新的。然而，这套丛书也不都是旧书的重版，我们也想请一些著名的学者新写一些学术性和普及性兼备的小书，以满足读者日益增长的需求。

“大家小书”的开本不大，读者可以揣进衣兜里，随时随地掏出来读上几页。在路边等人的时候，在排队买戏票的时候，在车上、在公园里，都可以读。这样的读者多了，会为社会增添一些文化的色彩和学习的气氛，岂不是一件好事吗？

“大家小书”出版在即，出版社同志命我撰序说明原委。既然这套丛书标示书之小，序言当然也应以短小为宜。该说的都说了，就此搁笔吧。

重温晤对，唤回已逝的流光[1]

扬之水

《闲坐说诗经》，放在很容易找见的地方，扉页上面有作者的题赠，末署“九二年七月”，弹指一挥间，已近二十年了。

书是近年又复流行的小开本，不厚的平装一册，轻巧便携，由江苏古籍出版社与中华书局（香港）合作出版，为《诗词坊》丛书之一。星屋老人是此书的作者，同时也是这一套丛书的主编。开卷便有“主编的话”，道“这套丛书，就是企图让读者的心灵多一点诗的溪壑、美的润泽，间或窥见历史的窗口，让千百年前的诗人和你娓娓对话，将已逝的流光重新唤回到眼前”；“当着朝阳初升，或灯火乍明，以至车厢舟舱之中，忙里偷闲，随手开卷，偶有会心，掩卷冥想，诗情画

① 此原是本文作者为本书写的跋语，今移作导读，标题系编辑所拟。

意，忽来心头，这便是对我们最大的慰勉”。今天看来，主编的设想，自然是达到了。

《闲坐说诗经》，书名便是此书风神态度的自画像，一种轻裘缓带般的雍容自信，蔼然，谦然，款款然。在用来点醒篇意的五十九个小标题下，解题、释义，诗旨和作义的阐发打并作一片，夹叙夹议，且议且评，乃尽以一个“说”字来贯穿。时或穿插对上古典章制度的疏解，时或拈来后世之作以为纵向联系。于历来的龃龉纷纭处，提纲挈领举其要，教人一目了然。平朴自然的气度，晓畅清通的文字，更以胸中有涵容而能够举重若轻。以“说”者的学养之深厚，从容可得既在《诗》中又在《诗》外的往返穿越。不求融通圆满，却自有精义纷呈。“主编的话”中说道，《诗词坊》丛书的特点，是在两千字的篇幅中，“环绕某一主题，声东击西，由此及彼，或大题小做，或长话短说，间也用‘横向联系’的方法，就像一幅山水画，由远峰高耸而缀以朝曦翠霭、水声禽语”。以《闲坐说诗经》为衡，这一段话也正是夫子自道。

重温此著，便好像与星屋老人晤对，又不免忆及自己曾经投注以深情的学《诗》经历。我在一本小书的后记中提到，当年徜徉于先秦之际，经常讨教的有吴小如先生，先生说：“从先秦入手好，这样就可以顺流而下了。”后来果然顺流而下，而果然至今得益于那几年里的学习。也因此明白后世为什么总有始终不去的“复古”情怀，当然谁也不可能真正去“复古”，然而“复古”却是一个永远常青的名义。古人依据文献所能看到的“三代”之“古”，的确是积聚了情感与智慧的博大、丰美和厚重。“诗三百”，则是一座拔地而起的高峰（自然是因为此前的演变历程我们已无法看到），风云之气既盛，儿女之情亦长。后人虽然再也回不到《诗》的生存状态，但“兴、观、群、怨”之义，“温柔敦厚”之旨，《诗》的情感、《诗》的襟怀，却是如流水，如月华，淌清质之悠悠，降澄辉之蔼蔼，流贯于中国文化的血脉。而在四处弥漫着“快餐文化”的今天，以一点“闲”情，“让千百年前的诗人和你娓娓对话，将已逝的流光重新唤回到眼前”，竟像是一种奢侈的享受了。

辛卯小雪

目　录

主编的话

继《小说轩》之后而有《诗词坊》的问世。

1988年夏，香港中华书局的编辑前来找我，希望我主编一套《诗词坊》丛书，规格略如《小说轩》。商谈之后，随即拟订选目和写作要求，不久又征约了一些作者。所谓写作要求，其实也别无新鲜的话。这些作者对古典文学虽素有研究，每册字数也不多，却也要求以"狮子搏兔"之力来完成。主编的重心在搭配选题，物色门当户对的作者。写法上的细节，则不拘一格，求同存异。但有一点，我是一再强调的：这套丛书是在香港出版。

近几年来，京沪等地，对中国古典诗词的赏析评介的出版物，出得很多，对读者不无金针度人之功。这套《诗词坊》有些不同，特点是在两千字幅度之中，环绕某一主题，声东击西，由此及彼，或大题小做，或长话短说，间也用"横向联系”的方法，就像一幅山水画，由远峰高耸而缀以朝曦翠霭、水声禽语。用《小说轩》的前言的话，便是“漫话式”。以漫话式评介诗词是否得体，当然见仁见智，世上仁智之见本来永难调和，所以只能算是一种尝试；成败利钝，只有交由读者检验。从书本为集体产物，但西崦暮齿，既编又写，承此任务，故又不能不略抒个人感受。

诗歌原非中国所独有，绘画亦如是。外国原有诗画同质之说，所谓诗为有声之画，画为无声之诗，但把诗题在画上，使两者相映成趣，却是中国诗坛画苑之特创。一幅陈列在展览馆里的名画，又经过名家的题诗，你赏览之后，还忍心匆匆离开？还有中国诗中的对仗，也是独特的擅长，不能简单地斥为桎梏，“无边落木萧萧下，不尽长江滚滚来”，“千寻铁锁沉江底，一片降旛出石头”，前者隐含哲理，后者概括史事，却对得何等工巧而又自然。其中就有诗人高度的智慧、创作的甘苦，却不是凭点小聪明做得出来。我只是随手举了这两点，说明中国古典诗歌在技巧上的成就。当然，对仗、平仄这些技巧，也因汉字本身与外文不同之故，但不管怎么说，总是独具的一种特色。我们固然不能像过去国粹派那样，凡是祖宗传下来的东西就是宝贝，就可以沾沾自喜，但传下来的而又打不倒、砸不烂、抢不走的东西就应该爱护，应该传播。我们应当有勇气揭露家中的酱缸，但更有责任将先人积累的、搁置的智慧遗产一五一十地经之营之。

诗之源为赋，诗之流为词为曲，马致远的“小桥流水人家”、关汉卿的《单刀会》、王实甫的《西厢记》、汤显祖的《牡丹亭》，其本质实是诗。读了《单刀会》，再读苏轼的《赤壁怀古》词，更激起人的大江东去、回肠荡气的阳刚之感。古人常以诗词歌赋并称，就因四者都有内在的联系。从心理学角度说，凡是表现内在的美好善良、富于想象力而能诱导人们快感的，便具有诗的质素，如说诗意、诗化，即具有审美上的效果。质言之，诗的世界便是和庸俗的、低级的世界相对立的。

这套丛书，就是企图让读者的心灵多一点诗的豁壑、美的润泽，间或窥见历史的窗口，让千百年前的诗人和你娓娓对话，将已逝的流光重新唤回到眼前；如同林语堂先生在《读书的艺术》中一节说的：“一本古书使读者在心灵上和长眠已久的古人如相面对，当他读下去时，他便会想象到这位古作家是怎样的形态和怎样的一种人，孟子和大史学家司马迁都表示这个意见。”虽然《诗词坊》不是古书，只是撮述古书中的人物和作品。

每本书的篇幅不多，当着朝阳初升，或灯火乍明，以至车厢舟舱之中，忙里偷闲，随手开卷，偶有会心，掩卷冥想，诗情画意，忽来心头，这便是对我们最大的慰勉。如果发现书中的错误，及时惠示指正。“他山之石，可以攻玉”，亦正符合《诗经·鹤鸣》诗人之原旨。

金性尧

1989年3月2日于上海

风雅颂

按照近代的分类，艺术通常分为音乐、舞蹈、绘画、雕塑、文学、戏剧，后来又加上电影。《诗经》中的风、雅、颂三部分，即包括音乐、舞蹈和文学。

风是什么？历来有各种说法，较为统一的说法是乐调。《诗经》中绝大部分作品，是先有乐调，再配上文字的。为什么有的作品篇名相同，如《王风》有《扬之水》，《郑风》也有《扬之水》，《邶风》有《谷风》，《小雅》也有《谷风》，以《羔裘》为篇名的多至三篇。就因为这些国家按照这乐调填上自己的诗，但因方言不同，再加上腔调的变化，因而各有特点，成为各国的土乐，就像俗曲的《四季相思》，杭州人、苏州人、扬州人可以各自配词，各用方言来唱。所以，《秦风》就是陕西腔，《郑风》就是河南腔，《唐风》就是山西腔。“风”是乐调的总名，区分的特点在国别。

没有这些乐曲，就没有流传至今的《诗经》，先秦文学史就没有这份宝贵的遗产。但这些文学作品的作者、内容、文采等，今天还可作些考证和论断，《诗经》中的音韵，拿今天的普通话来念，很多无法协调，但语言专家还能谈得出规律，舞蹈的形象多少地尚能见之于图片、金石，独有乐曲的腔调，无法知道它的原始面目。所谓“郑声淫”原是指郑国的乐曲，但究竟如何淫法，谁也没法说。现代的学者只能说它是新兴的乐曲，不为保守的人们赏爱，仍没法使这种“淫声”进入我们耳朵。不要说先秦的乐曲，便是当年元杂剧的唱腔，今天也无从聆受了。

雅通夏，夏为西周王畿旧称，标明作品产生地在今陕西境，《墨子·天志》引《诗经》的《大雅》作“大夏”。但顾颉刚《史林杂识初编·风、雅、颂之别》以为雅是一种乐器，并引《周官·笙师》的郑众注：“雅，状如漆筩而弇（掩）口，大二围，长五尺六寸，以羊韦鞔（包面）之，有两纽，疏画。”它的作用是调节乐曲，犹如现代的鼓、板。以节乐之器为乐调名的例子，后世尚有以梆子名秦腔，以坠子名豫曲，以及京韵大鼓。越剧初名“的笃班”，即因鼓板的笃之声来押拍子。顾著附有雅的图状，可参阅。

颂一般解为歌颂盛德，但这是余义，本义为仪容。籀文“颂”作“额”。《汉书·儒林传》“而鲁徐生善为颂”，《史记·儒林传》“颂”即作“容”。阮元以为容、养、羕（样）都是一声之转，颂诗都是舞蹈时的容状，《商颂》意为“商的样子”，《周颂》意为“周的样子”。（《揅经室一集·释颂》）

但并非所有《颂》诗都是舞曲，有的是祭歌，自然，要说和舞曲有关系也可以。颂与风、雅的形式不同，风、雅有韵，分章，用叠句，《周颂》大多无韵，不分章，不用叠句，王国维《说周颂》以此推测声调较风、雅为缓。

从时代来说，颂产生得最早，但数量最少，《诗经》三百零五篇中，《颂》诗只占四十篇，这四十篇中，颂扬词句过多，语言枯燥堆砌，没有可感染的抒情之作，所以文学价值最差，但少量作品，也能反映农业社会的历史生活。

总之，风雅颂之中，《国风》最为精彩，所以本书重心也在《国风》，只因全书篇幅有限，《国风》中固尚有遗珠之憾，就是二雅中也有些佳作未能谈到。但即从这本小书中，也可看到两千年前的风土人情，典章文物，也便是区区的用意之在。

元稹《行宫》云：“寥落古行宫，宫花寂寞红。白头宫女在，闲坐说玄宗。”自念西崦暮齿，去日苦多，颠簸之余，犹能抱残，乃窜取元诗末句以为书名。天涯若比邻，海疆固多通人，或有矜于朽陋而恕其昏昏乎。

最早的情诗

秦始皇一把火，把《诗经》、《书经》和各个学者著作统统烧毁，此后如果还有几个人凑在一起，叽叽喳喳地暗自谈论这些书本的，就要陈尸于闹市示众。由于皇帝什么也不怕，只怕病与死，活着一天还要吃米谷蔬菜，总算留下医药、卜筮、种树（指农业方面）之书。卜筮的书本为什么还要留下呢？因为皇帝是受命于天的天子，逢到自己难以判断的吉凶祸福，就得向天神求教。

既然如此，今天为什么还能看到《诗经》和《书经》？真实的情况现在已经没法说得清楚，说得清楚的有这样一点：其中一部分靠口耳相传保存下来，后来又通过文字将它记下。现在民间还在唱《马灯调》、《无锡景》、《孟姜女哭长城》以及“摇摇摇，摇到外婆桥”的儿歌，如果要找书面的底本，图书馆里很难找到，可是却藏在老百姓的口齿之中。《女起解》、《四郎探母》这些戏是有脚本的，爱好京剧的人也会唱，多数却不是从脚本上学来，只是凭着耳朵听来。尽管秦始皇可以倚仗权力把书本烧毁，毕竟无法封闭天下黔首的口耳，只是可惜当时没有录音机，无从听到歌唱时的方言和音调。

这首《关雎》[①]的原意，后代学者说法纷歧，有的说是写文王想念他的未婚妻姒氏；有的说写姒氏为文王得到妃嫔而高兴，即颂扬姒氏宽容不妒，等于为多妻制强作粉饰。清人姚际恒《诗经通论》说得好："夫妇人不妒则亦已矣，岂有以己之坤位甘逊他人而后谓之不妒乎？此迂而不近情理之论也。"随着多妻制的出现，很难使妇女不产生妒忌心理，除非她是个麻木不仁的人，清代俞正燮就说过妒非妇人恶德的名言。晋代谢安想娶妾，他的夫人刘氏不答应，谢安侄子便以《关雎》宣扬妇女不妒忌为理由来说服她，她问《关雎》是谁写的，答道："周公。"她说："周公是男子，当然这样宣扬，若使周姥（周公夫人）撰诗，不会有这样话的。"（见《艺文类聚》）谢夫人的话说得很幽默很公道，可算得是维护女权的前辈，真正的幽默也必具有说服的力量。《关雎》绝不是周公撰的，但《诗经》的绝大部分是男人

① 雎（jū），此字与"睢"（suī）是两个字，但后世常混淆，甚至通用。

所写，历代解释《诗经》的学者也多是男人，因而难免站在男性立场上说话，像上述姚际恒那样已经难得。

那么，这首诗究竟是什么样的诗？情诗！《诗经》中的情诗多得很，《关雎》列在第一首，姑且当做最早的情诗，也用不着再在文王、姒氏身上钻牛角尖，而且，果真是文王想念未婚妻之诗，还是情诗。

《诗经》中“君子”的概念弹性很大，因诗而异，不过总是指有人格的上等人，《关雎》中的那个君子，姑且说他是一个少年书生。诗的地点是西北水乡，雎鸠也有以为即鱼鹰，据说雌雄有固定的配偶，也跟鸳鸯相类了。它在水滩上张着翅膀呼唤伴侣，即是求偶。长长短短的荇菜（莕菜）随风漂浮。这样的景物本来很平常，可是一进入这个斯文青年的眼里，感情上就起了不平常的本能性的反应。他已经看中了一个姑娘：“窈窕淑女。”窈窕指姿色漂亮，但色美不等于性善，淑就是指她的性情。这是一个非常理想的少女，就像长短不齐的荇菜中最悦目的一棵，可是一直没有办法和她接近，因此使他烦闷苦恼：“窈窕淑女，寤寐求之；求之不得，寤寐思服。悠哉悠哉（自叹没有把握），辗转反侧。”这是说，他在睡意蒙眬中还在想念她，想念无法代替现实，于是而翻来覆去地度着漫长的暗夜。每一个尝受过单恋的相思之苦的青年，读到这里自有深切的体会。

这种描写手法，我们今天已经看得多了熟了，如果现代诗人的爱情诗也这样写，人们会嫌他落入俗套，可是出于两三千年前的诗人之手，不能不惊佩他的独创性的表现力。“辗转反侧”四个字，包含这个少年男子多少深刻曲折的感情，真说得上一往情深了。只是前人采摘的果子，不要现成地去拾来吃。

最后，男主人的愿望实现了，这个姑娘终于成为他家里的新娘。通过什么样的途径达到目的？诗中没有明说，却以剪影式手法从侧面来表现：“窈窕淑女，琴瑟友之。”“窈窕淑女，钟鼓乐之。”诗人先以琴瑟的铿锵之声，后以钟鼓的繁促之音，暗示婚礼的隆重而欢乐。先说“友之”（亲爱），后说“乐之”，又体现感情温度的上升。有情人终于成为眷属，诗人为他们而高兴。《诗经》中用“琴”字七个，“瑟”字十个，《大雅》与《颂》中皆无琴瑟字，可见琴瑟还未普遍，这个新婚之家却已有了琴瑟，可见其门第之高。[①]

《诗经》一共有三百另五篇，《关雎》居全诗之首。前人说，五伦之中，感情最深密的无过于夫妇，崔述的《读风偶识》还把这位君子之欲得贤女，比作商汤访伊尹于莘野，刘备

① 一说这男子的愿望并没有实现，琴瑟、钟鼓两句只是他的想望之词。

访孔明于茅庐，说得有点滑稽，却也说明性爱在文学作品中的地位。新婚是男女生活中幸福的起点，古人所以看做终身大事；夫妇的结合，又是种族繁衍的基础。《关雎》所以为全书之首，不是没有道理的，但它又是情歌的滥觞，后来的一些士大夫却对情歌歧视轻蔑，摒斥于正统文学之外，《诗经》却成为庄严的经典作品，连应试的考相公也必须熟读，并由此将两者分为雅俗正邪。

望远登高两地相思

一

采采卷耳，不盈顷筐。嗟我怀人，置彼周行。

二

陟彼崔嵬，我马虺隤。我姑酌彼金罍，维以不永怀。

三

陟彼高冈，我马玄黄。我姑酌彼兕觥，维以不永伤。

四

陟彼砠矣，我马瘏矣。我仆痡矣，云何吁矣。

这篇诗篇名为《卷耳》，写两地相思之苦，前人说法纷歧，也有以为是写太姒（文王夫人）或文王之求贤察官，好像好事情总是在上者才能做。颂扬过了头，相信的人就少了。不过这首诗确也留下一个疑问：诗中一共用了七个“我”字，这个“我”究竟指的是谁？有三种说法：① 都是指男主人公。那么，第一章“采采卷耳”的是谁？难道也是男主人公？为什么接着又在高冈上喝酒？答曰：是男主人公想象他妻子采卷耳时的思夫之情，他妻子没有在诗中正式出现。② 都是女主人公。从第二章开始，是她想象丈夫在征途中劳苦之状，就是换了主从的位置。③ 包括男女两方，由诗人分头叙述，即第一章系就女方说的，其余三章是就男方说的。俞平伯有“两橛”说：“当携筐采绿者徘徊巷陌、回肠荡气之时，正征人策马盘旋、度越关山之顶。两两相映，境殊而情却同，事异而怨则一。由彼念此亦可；不入忆念，客观地相映发亦可。所谓‘向天涯一样缠绵，各自飘零’者。”（《论诗词曲杂著》）钱钟书也有“话分两头”说：“首章托为思妇之词，‘嗟我’之‘我’，思妇自称也。……二、三、四章托为劳人之词，‘我马’、‘我仆’、‘我酌’之‘我’，劳人自称也。”又引《红楼梦》第五十四回“一张口难说两家话，‘花开两朵，各表一枝’”为证。下引各朝诗句颇多，引李白《春思》“当君怀归日，是妾断肠时”尤为精切。（《管锥编》）俞钱之说虽不能遽成定论，但较前人说为胜。诗中写的不一定是真人真事，但当时丈夫离家远行，妻子在陌上采桑摘菜是很普遍的现象，诗人有感于两地相思之苦，就略作想象之词，构成虚中有实，实中有虚之作。

诗中的男子，征途上带金罍、兕觥和仆人，当系中上层人物，其妻却在路旁采摘卷耳，也见当时妇女勤劳的好风气。卷耳即苍耳，可供蔬食，实可榨油。张耒《海州道中》之二云："秋夜苍苍秋日黄，黄蒿满地苍耳长。"可见很容易采拾。为什么"不盈顷筐"？自然因为她的感情受到干扰，无法安下心来。采了几把，想起远出的丈夫，便把篮子放在道旁，独自沉吟，远望云天。这个篮子是物，也是这时女主人公身边唯一用具，这个物却不是孤立的。当她出门时，她是将它当做亲密的伴侣携带的。她原以为花不了多久就可采得满满一筐，谁知到了陌上，一看到寥廓的云天，纷飞的鸣禽，满地绿油油密匝匝的卷耳，反而采不多了。袁枚《随园诗话》卷五，记唐人学"嗟我"两句云："提笼忘采叶，昨夜梦渔阳。"就显得刻露。

话分两头，诗人暂且让女主人公孤单单地伫立着，一线相思，又将它萦绕在天涯的另一边。

由于仆仆长途，登上山巅时，男主人公的马也显得疲困了。陈琳《饮马长城窟行》云："饮马长城窟，水寒伤马骨。"马骨可伤，其寒可知。马是能负重致远的，此诗中虺隤、玄黄皆指马患足病。马犹如此，则主人的疲劳困苦不难想见。为了不使自己长此忧愁，姑且拿酒来喝，所谓"何以解忧，唯有杜康"。不料继马病之后，仆人也病倒了，这使他益发恐慌，也不知如何对付才好。但他自己还算硬朗坚强，人们祝望他定能早日回家团聚。

出门人乘马偕仆，原很普遍，但在高冈上同时患病，却是诗人有意识地为加强作品气氛而创造的。

《诗经》中的人面桃花

唐代诗人崔护，清明那天，独游京城长安，见一乡村居舍，叩门久，有女子自门隙问之。崔护告以酒渴求饮，女子拨开门栓，盛水给他。“独倚小桃柯伫立，而意属殊厚。崔辞起，送至门，如不胜情而入。后绝不复至。及来岁清明，径往寻之，门庭如故，而户扃锁矣。”因题诗云：“去年今日此门中，人面桃花相映红。人面不知何处去，桃花依旧笑春风。”事见《唐诗纪事》，为历代盛传的故事，文也写得缠绵委婉，可作小品读。豆卢岑因而有“隔门借问人谁在，一树桃花笑不应”之句。

生活里失望的事情本来很多，崔护失落的却是美，是“独倚小桃柯伫立”的嫣然风姿，脉脉柔情。重游时桃花的笑容虽使他暂得补偿，但惆怅懊恼却是一辈子的。《太平广记》对这个故事还添了一段蛇足，说是那女子后来已经死去，经崔护哭祝后，开目复活，两人便成为夫妇。倒不是嫌它神怪，而是落入大团圆的俗套，为什么不允许人的回忆里有一些挽不回的感伤呢？

《诗经》里却有一篇愉快的美满的人面桃花故事：

一

桃之夭夭，灼灼其华。之子于归，宜其室家。

二

桃之夭夭，有蕡其实。之子于归，宜其家室。

三

桃之夭夭，其叶蓁蓁。之子于归，宜其家人。

夭夭是茂盛貌。单一夭字也是美盛貌，如夭柔、夭绍。后起的妖字，本也指艳丽和妩媚，如曹植《美女篇》的“美女妖且闲”。

这首诗一开头立即给人以强烈的色彩感，而且闪着光华，这位新娘不但容光焕发，从红润的双颊上还可见到丰满的体态。古人常以桃李比喻秾艳，如“艳若桃李”。艳字从“丰”，本含丰腴之意。一个干瘪瘪、瘦怯怯的少女，即使眉清目秀，总究缺少大方之态。出土的文物，古画上的图像，塑绘的妇女都是盛鬋丰容，杜甫《丽人行》也说“态浓意远淑且真，肌理细腻骨肉匀”，西洋的名画和雕刻上，更是这样，后来却欣赏林黛玉型的病态美，弱不禁风仿佛也成为美观了。

钱钟书《管锥编》解“夭夭”为花笑，并引李商隐《即目》“夭桃唯是笑，舞蝶不空飞”，两句首尾二字皆同义。其说颇精，恰可与崔护故事相联系。

“宜其室家”、“宜其家室”、“宜其家人”三句，前人以为前两句就夫妇而言，后两句就公婆妯娌妾媵而言，未免穿凿。其实这三句末尾用字不同，只是为了押韵，没有对象上的区别，当然包括公婆等在内。唐人朱庆余《近试上张水部》的“洞房昨夜停红烛，待晓堂前拜舅姑”，正可借来做注脚。有人也许会问，假使依照前人说法，上述的“妾媵”两字又是什么意思呢？男子娶妻之后，再纳小妾，甚至有几个，这在旧时原很常见，现在诗中这位新娘才进门，怎么丈夫已有妾媵呢？在古代的上层家庭中，这现象不算稀罕，解诗的人并非没有历史根据，说不定要笑我们少见多怪了。据《仪礼·士婚礼》所记，先秦时新娘进入夫家后，光是见公婆的繁文缛节，就足使她疲于奔命，但传统的礼节如此，也只好忍受，可是进门之后，看到丈夫已有妾媵在堂，而且不止一个，我们就没法体会她是用什么样的意志忍受下来。前人说“宜其家人”这一句，就是指女主人之不妒忌，所以能和妾媵们相处得很融洽。在前面《关雎》中也说起文王夫人姒氏之不妒，但正话反看，岂非恰恰说明妒忌心理的客观存在吗？

还有一个“宜其室家”的“宜”字，前人也花了好多力气来考证，有的说正适宜于结婚的年龄，有的说适宜于结婚的时令，因为古代一般以秋冬为结婚的正时，可是秋冬怎么会“桃之夭夭”？这个“宜”字实是泛指，即诗人在为新娘说好话，意思是这样的女子，嫁了过去，必能使全家愉快。

“有蕡其实”的“蕡”，指桃子的圆大形态，以桃华结实比喻将来早生贵子，因为桃子容易繁殖。李时珍《本草纲目》卷二十九云：“桃性早花，易植而子繁，故字从兆，十亿曰兆，言其多也。或云从兆，谐声也。”他对桃字来历的解释虽不正确，说桃“易植而子繁”，则是事实，先秦人自然也知道，便从灼灼的桃花而想到累累的桃子。

方玉润《诗经原始》论《桃夭》云：“盖此亦咏新昏诗，与《关雎》同为房中乐，如后世催妆坐筵等词。特《关雎》从男求女一面说，此从女归男一面说，互相掩映，同为美俗。”眉评又云：“二、三章意尽首章，‘叶’、‘实’则于归后事，如‘绿叶成荫子满枝’，亦以见人贵有子也。”

绿叶成荫子满枝故事，原出杜牧《叹花》诗，事见高彦休《阙史》，事迹略与崔护在都城南庄的遇合相似。一以桃花笑春风而感叹无缘再见，一以叶荫子满枝而怅憾再见已晚。他们未必运用《桃夭》诗意，却也可作《桃夭》的谈助。

如果说，第一个将花比女人的是天才，那么，中国的《诗经》里便有这些天才。

车前子的故事

现在的中药里，车前子还常在服用，传说它喜在牛迹中孳生，故名车前。它的功用是利水通淋，清热明目，对利尿、治赤肿尤有效。它的古名叫芣苢（苡），《周南·芣苢》中曾经写到它：

一

采采芣苢，薄言采之。采采芣苢，薄言有之。

二

采采芣苢，薄言掇之。采采芣苢，薄言捋之。

三

采采芣苢，薄言袺之。采采芣苢，薄言襭之。

这首诗内容平淡，结构单调，三十六个字中只有六个字不同。掇之捋之，用手摘拾；袺之襭之，用衣襟兜揽。“薄”为发语词，后人却颇有议论。

《诗序》说：“和平则妇人有子矣。”《正义》也说：“若天下乱离，则我躬不阅，于此之时，岂思子也。”《毛传》说：“芣苢宜怀妊。”这当然是附会，就在今天，还没有一种能保证生儿子的灵药。陆玑《毛诗草木鸟兽虫鱼疏》：“治妇人生难。”可能因为车前子有利水通淋之效，便用于治难产、催生上。

另外还有治恶疾之说。

《文选》刘孝标《辩命论》有这一句话：“冉耕歌其《芣苢》。”冉耕即伯牛，为孔门弟子，患癞疾。此处的癞疾，相当于麻风病。冉耕诵《芣苢》，意即芣苢可治癞疾。刘向《列女传》卷四，记有个蔡人之妻（宋人之女），因丈夫有恶疾，其母要她改嫁，她说：丈夫的不幸，便是自己的不幸，怎能抛弃他？“且夫采采芣苢之草，虽其臭恶，犹将始于捋采，终于怀襭之，浸以益亲，况于夫妇之道乎？彼无大故，又不遣妾，何以得去？终不听其母，乃作《芣苢》之诗。”这么说，芣苢是有恶臭之草，古人曾用水浸过供父母服用，而《芣苢》这首诗却是蔡人妻所作，魏源《诗古微》因而说“蔡、宋无诗，赖是诗存之”。这话自不可靠，刘向儒者，借诗说教，但蔡人妻的“彼无大故”云云，却是仁人之言，因为这种恶疾的责任不在她丈夫，故而应当同情怜惜。

方玉润《诗经原始》说，诗非妇人自赋，原是写田家妇女，三三五五，于平原绣野，风和日丽中群歌互答，余音袅袅，若远若近，忽断忽续的野外风情，并举《竹枝》及乐府《江南曲》等为证。这是从文学的角度说。《江南曲》古辞：“江南可采莲，莲叶何田田。鱼戏莲叶间，鱼戏莲叶东，鱼戏莲叶西，鱼戏莲叶南，鱼戏莲叶北。”杜甫《杜鹃》：“西川有杜鹃，东川无杜鹃。涪万无杜鹃，云安有杜鹃。”手法皆有类似处。《芣苢》大概也是日常生活里的一景一象。随手记下，让人歌唱，其变化全在采摘的妇女的动作上。

前引《诗序》和《正义》的话，虽然并不符原诗意义，却令人别有启示：时不论古今，地无分中外，和平对于妇女倒真应该用大写字来写，这是天下母亲心，不仅仅生育这一点。

汉水上的游女

一

南有乔木，不可休思。汉有游女，不可求思。
汉之广矣，不可泳思。江之永矣，不可方思。

二

翘翘错薪，言刈其楚。之子于归，言秣其马。
汉之广矣，不可泳思。江之永矣，不可方思。

此诗题为《汉广》，共三章，录其一二两章。第一章的“思”，第二章的“言”都是语助词，现代都作实词用了。“方”指竹筏。汉水即汉江，源出陕西西南至武汉而入长江，长一千五百余公里，和长江之间河港纵横交错。

《毛诗序》说：“《汉广》，德广所被也。文王之道被于南国，美化行乎江汉之域，无思犯礼，求而不可得也。”东汉《毛诗传笺》说：“纣时淫风遍于天下，维江汉之域先受文王之教化。”这等于说，好事必发生于文王之时，坏事必发生于纣王之时。其实是在对化石进行加工。文王与纣王同时，既然“纣时淫风遍于天下”，一到受文王教化的江汉流域，人心马上大变了吗？何况当时文王还僻处在西北。崔述《读风偶识》曾有驳正：“女而游，其俗固已敝矣。男子见之，贱之可也，置不为意可也，从而爱之慕之，则俗之敝为尤甚，以是为端庄静一，彼不游者又何以名之？”结论是：“盖此诗乃周衰时作，虽不能闲（遵循）于礼，而尚未敢大溃其防，犹有先王之遗泽焉。”还是在先王遗泽上摇滚，可谓以毒攻毒。

这首诗的内容当是写汉水边的男子，看见一个出游的女郎，大为倾心。然而陌路乍逢，两不相识，又怎能表情达意，因而感伤彷徨。头两句是正喻逆写：既是乔木，理可休息，现在却连乔木也不能休息，借此暗喻游女之更难求得。汉水太广了，不能游过去，长江太长了，无法渡木筏而前往。接着，他又兴奋起来，幻想自己有把握将她求到，“翘翘”四句，就是想象情人到来之前，自己要准备的一些行动，割草喂马就是为了亲自迎娶。一说是自己宁愿做她的仆役。

可是当他一想到汉之广，江之永又沮丧了。这种大起大落的心理冲动，在年轻的单恋者身上原是很普遍的。

另外还有一说，这游女是汉水上的神女。

闻一多《诗经新义》，根据《诗》三家之说，以游女为汉水之神，也即郑交甫所遇汉皋二女：“游女既为水神，则游之义当为浮行水上，如曹植《洛神赋》云‘凌波微步，罗袜生尘’之类。”意即非游玩之游。

郑交甫遇二女事，刘向《列仙传》曾有记载，大意说：郑交甫游于江汉边，见江妃二女而悦之，谓其仆曰：“我欲下请其佩。”便对二女说：我的笥（竹笼）中有橘柚，令附汉水，顺流而下，“以知吾为不逊（不避生人）也，愿请子之佩”。二女遂解佩给交甫，交甫悦而放在怀中。走了数十步，看看怀中之佩，却已无有，回顾二女，忽然不见。“《诗》曰：‘汉有游女，不可求思。’此之谓也。”后来便以汉皋解佩作为男女爱慕赠答的典故。《洛神赋》的“愿诚素之先达兮，解玉佩以要之”及“感交甫之弃言兮，怅犹豫而狐疑”云云，即用此典。自然，以江汉二女故事解此诗，也只能备一说。

方玉润《诗经原始》以此诗为樵唱，“盖劳者善歌，所以忘劳耳。其词大抵男女相赠答，私心爱慕之情，有近乎淫者，有以礼自持者。愚意此诗，亦必当时诗人歌以付樵。（中略）故终篇忽叠咏江汉，觉烟水茫茫，浩渺无际，广不可泳，长更无方，唯有徘徊瞻望，长歌浩叹而已”。这一段说得很精彩，文字也有抒情意味，最后说：“盖《国风》多里巷词，况此山讴，犹能以礼自持，则尤见周家德化所及，凡有血气莫不发情止义，所以为贵也。”这就说得酸了，近于金圣叹笔下的“秀才”。德化之说并非不能强调，却不能远离事实的真相。古之所谓迂，就是不切实际。此诗中着重表现的原是求之不得的失望苦恼情绪，并非受到德化的感染而强自克制，三章诗里丝毫看不出有“以礼自持”的克制痕迹，当然也没有反礼教的倾向，如果有一天当真追求到了，对先王之德化仍然无所损毁。

一个青年男子偶然见到一个漂亮而又陌生的姑娘，无从和她交往，从此就占据了他的心房，患起单相思来。这在生活中是很普通的事件，现代有，古代也有，诗人只是用艺术手段表现出来罢了。

《国风》中无楚风，胡适因“汉之广矣”、“江之永矣”、“尊彼汝坟”等句，以为《周南》、《召南》就是楚风。（见《胡适论学近著》）

战乱之中夫妻重逢

一

遵彼汝坟，伐其条枚。未见君子，惄如调饥。

二

遵彼汝坟，伐其条肄。既见君子，不我遐弃。

三

鲂鱼赪尾，王室如毁。虽则如毁，父母孔迩。

（《周南·汝坟》）

这首诗《小序》以为“文王之化，行乎汝坟之国，妇人能闵其君子，犹勉之以正也”。即西周一个妇女所作。崔述《读风偶识》以为平王东迁后作，“王室如毁”即指幽王被杀，骊山乱亡之事，但不同意是妇人之作，而是当地民众看到大夫回来，出于欣幸之情而作。

从诗意看，应是东迁后作，作者不一定是妇女，却是用妇女口吻描摹大乱中夫妻重逢故事。

汝坟指汝水（汝河）之边，古汝水在今河南境。“坟”为“濆”的假借字。条枚指树的干和枝，肄指树木重生。前人说伐木非妇人之事，也说得太死。看到道旁的树枝，砍几把当柴烧，又何分男女？树干或者需要力气砍折，但这里是说树木之枝。而且这句未必实指，可能是一种唤起手法，即“兴也”，和第二章的“条肄”相呼应，借喻时间上的变化，原来被折过的丫枝，荏苒之间又已重生，就像夫妇之离而复合。

第一章写丈夫还在外地服役或流亡，她为此而日夜思念。惄是忧思，调通“朝”，“调饥”是说像早晨饥饿时思食一样。钱钟书《管锥编》说：“按以饮食喻男女，以甘喻匹，犹巴尔扎克谓爱情与饥饿类似也。（中略）小说中常云：‘秀色可餐’，‘恨不能一口水吞了他’，均此意也。”说得很有情趣。“秀色可餐”和“惄如调饥”正是两种譬喻，一样用意。

第二章写丈夫回来后的妻子心情，本很明白，但崔述却说：“况久别重逢，方深忻慰，易妻薄俗，宁至关怀，亦不应以不遐弃为幸也。”方玉润《诗经原始》也说：“且妇人思夫，苟无大过，何至以不我遐弃为欣幸耶？”实在看得太复杂了。这里的“不我遐弃”，并非欣幸丈夫没有外遇，没有将她遗弃，只是说还没有因战祸而远离我，从正面说，便是终于还能团聚之意，“不我遐弃”正是对“既见君子”的补充。合第一章观之，即是化悲为喜。因战乱而使夫妻永别的事，古往今来，何止千百。

鲂鱼一名火烧鳊，尾浅赤，由此而联想到王室如遭烈火，虽则如此，仍是不幸中之大幸。她的父母原住在相近，今后可以安下心来常去探望，即国虽破而家尚未亡。

北宋的梅尧臣曾经写过一首五古《汝坟贫女》，写汝河边一个未婚贫女，她的老父因战乱而被官府强迫拉去当乡兵，后因寒雨僵死在中途，她自己也自此失去依靠。两诗中女主角的遭遇不相同，但梅诗当是从《汝坟》得其契机。

树木犹为人爱惜

召伯又称召公，姓姬名奭，周的支族。一说是文王之子。封地在召（今陕西岐山西南）。后曾佐武王灭商，被封于燕，为燕国始祖，也是西周的开国功臣。与周公共同辅政，分陕而治，陕之西召公主之，陕之东周公主之，世称周召。成王打算以洛邑为都城，便先遣召公去视察地势。他的言论见于《尚书·召诰》。

他治理西方时，经常巡行城乡，相传在棠树下现场决狱，因而颇得人民爱戴。他死后，人民想起他的政绩，对这些棠树就不敢砍伐，并写诗歌诵，即《召南·甘棠》：

一

蔽芾甘棠，勿剪勿伐，召伯所茇。

二

蔽芾甘棠，勿剪勿败，召伯所憩。

三

蔽芾甘棠，勿剪勿拜，召伯所说。

召公奭的后代有个召公虎，即召穆公，周宣王时曾沿江汉出征淮夷，《诗经·大雅·韩奕》的“江汉之浒，王命召虎”，即指他，后人也称召公，也有人以为《甘棠》中的召伯指他。但一般皆以《甘棠》指召公奭。

棠为乔木，赤的称杜，白的即甘棠，也称棠梨。蔽芾是茂盛貌。茇为居住，拜是弯曲，人拜时须屈着身子，一说指挽其枝至地。说通“税”，舍止，憩息之意。

方玉润《诗经原始》说：“召伯既为天子大臣，而临民治事必有公室，岂可出而就民于田垄之间，以博一时爱民勤政之誉，则其伪亦甚矣。”他的意思是，这是因为召公当年劝农教稼，或尽力沟洫时，曾出而憩止其下，后人睹树思人，不忍砍伐，“一树尚且如是，则其他更可知矣”。可见他对甘棠曾为召公憩止这一点也同意，只是召公自有办公地方，怎么会到田头上去治理案件呢？可是真正的亲民之官，为什么不可以走出衙门，现案现办？方氏是晚清人，他看到的以亲民为沽名的官吏太多了，难怪有此议论。

乔木象征高大茂盛，盘根错节皆含生机，经得起烈日严霜，表现出坚挺的力量，浓荫密叶，又可供人徘徊倚息。对召棠的尊重，其实就是早期的纪念形式，后世的去思碑、德政碑之类粉饰虚夸的成分就多了。白居易的《青石》诗故有“不愿作官家道傍德政碑，不镌实录镌虚辞”之语。

孔明庙前的古柏，岳王墓前的大树，却可与召棠媲美。我们读了杜甫《古柏行》的“霜皮溜雨四十围，黛色参天二千尺。君臣已与时际会，树木犹为人爱惜”，《夔州十绝》的“武侯祠堂不可忘，中有松柏参天长”，《蜀相》的“丞相祠堂何处寻，锦官城外柏森森”，高启《吊岳王墓》的“大树无枝向北风，十年遗恨泣英雄”，再去凭吊丞相祠堂与西湖岳坟，对这些乔木古树，便有一种审美上的崇高之感，很自然地会和武侯、武穆的生平联系起来。又如《晋书·羊祜传》所记岘山碑故事，也是因其人而望其碑，使望者无不流涕，刘孝绰《栖隐寺碑》的“惟新召棠，且思羊碑”，即由召伯之棠想到羊公之碑。

从上述召公的劝农上，还可举出另一类例子。

南宋利登曾写过一首《野农谣》的讽刺诗，起首六句云："去年阳春二月中，守令出郊亲劝农。红云一道拥归骑，村村镂榜黏春风。行行蛇引字相续，野农不识何由读？"末四句云："但愿官民通有无，莫令租吏打门叫呼疾。或言州家一年三百六十日，念及我农唯此日。"这就是说，一年之中，太守和县令，以"红云一道拥归骑"的威风，和农民相见就只有这一天，这所谓劝农，便是要在颗粒无收的荒年中叫农民榨出租税来。但日后撰德政碑时，也许会把这次行动加工精镶。

一件婚姻官司

一

厌浥行露，岂不夙夜？谓行多露。

二

谁谓雀无角，何以穿我屋？谁谓女（汝）无家，何以速我狱？虽速我狱，室家不足。

三

谁谓鼠无牙，何以穿我墉？谁谓女无家，何以速我讼？虽速我讼，亦不女从。

这是《召南·行露》，说的是一件婚姻官司案，但也有很多疑问，至今仍未圆满解决。

根据前人的解释，大致有这样几说：① 女子因男家婚礼手续不完备，拒绝结婚，男方便告到官府，她却坚决不答应。② 女子因已另嫁他人，男方却仗势威迫她，以致涉讼。③ 女子因丈夫家境贫困而回娘家，丈夫控告她。④ 女子和男子曾经来往过，由于某种原因，不愿成为夫妇，男的就去控告。⑤ 也有以为是守礼的贫士不愿与势家结婚，被女方控告。

第一章里的三句话是什么意思？是譬喻还是实写？如果实写，它和下文有什么实质性的联系？

厌浥，指潮湿。这三句的意思是：道路上都是湿露，我难道不想趁着早夜，怎奈路上多露。露水本用不着如此忌惮，当指某一种阻力。不管怎样，她对他（情人？）原有感情，她之不能践约，并非出于本意，与《王风·大车》的“岂不尔思，畏子不奔”有仿佛之处，而和下二章严厉的口吻，坚决的态度大不相同，前者尚是婉却，后者竟是严斥。俞平伯说得好：“夫上章曰‘岂不夙夜’，似于义应往，而下章则曰‘虽速我讼，亦不女从’，又何其言之斩绝耶？一诗之中，上下三章，而口吻神情宛出两人之口，岂有说耶？”（《论诗词曲杂著》）下又引宋王柏《诗疑》之说，王氏以刘向《列女传》所引无第一章，故疑此章为“乱入”。又引宋王质《诗总闻》说：“首章或上下中间，或两句三句，必有所阙；不尔，亦必阙一句。盖文势未能入雀鼠之词。”俞氏以为“乱入”之说不一定对，但王柏所疑，却有注意之价值。王质之说则甚当，即当有阙文。总之，以第一章和下两章合观，俞说确颇有启示意义。

还有“谁谓雀无角”和“谁谓鼠无牙”又怎么解释？

麻雀本来无角，谁都知道，现在说“谁谓雀无角”，岂非多余？但也可解为虚拟之词：雀如无角，何以穿我屋？可见雀是有角的，问中实已有答意，方玉润《诗经原始》所谓“雀无角而穿屋，不谓之有角不得也”。诗歌是文学作品，为了强调对立方面的力量，这种无中生有、夸张虚构的手法原是允许的。可是鼠是有齿的，故能啮物，这也是谁都知道。前人以为鼠有齿而无牙，说得泥了。这里的牙和齿实为一事，我们平常也多是牙齿连称，绝少将两者分得清清楚楚，此章中所以不用齿而用牙，因与“家”字为隔句押韵，正如墉、讼之为隔句韵一样。但如果依照我上述的“谁谓雀无角”之说，又不合全诗结构，因鼠之有牙，并非虚拟之词，与雀之有角的假想截然不同，所以我对自已的解释仍认为不惬当。一说角指鸟喙，鸟喙尖锐故谓之角，觜为嘴的本字，故从角。可备一说。

今就此三章来看，这一案件的情节大概是这样：这一对男女本来相熟，男的还约她相会，女的有顾忌而婉拒。后来不知什么缘故而起了突变，男的便去告状，想把女的关进监狱。这似也可从反面说明两人本相接近，后来女的拒绝，故男的愤而告状。女的自然痛恨他狠心，以雀如无角，怎能穿我之屋，你如没有家里权势，怎能使我坐牢而为此诅咒之词；但我即使坐牢，仍不会依从，因为你成立家室的手续不完备，照旧说便是礼节上欠缺缘故。是否托词，自不得而知。

这样理解未必恰当，但对疑问多的作品作研讨探索，却别有一种情趣，邢邵（子才）所谓“日思误书，亦是一适”，心理上正有相通之处。

猎人和情人

一

野有死麕，白茅包之。有女怀春，吉士诱之。

二

林有朴樕，野有死鹿。白茅纯束，有女如玉。

三

舒而脱脱兮，无感我帨兮，无使尨也吠。

麕即獐，死獐是打猎后分得的獐肉。白茅洁白柔滑，古人常用以包肉类。吉士，对男子的美称。朴樕，小木。脱脱，慢而轻貌。感，犹言撼。帨，腰带上的佩巾。尨，多毛的狗。尨是“犬”字的形变，彡是毛饰，所以髮鬚等字皆加彡。鬚的本字为“须”，頁是人头。

这首《召南·野有死麕》，古代学者绝大部分都承认主题是写男女相爱，但发挥的议论却不相同，有的说得很滑稽。《诗序》说是恶无礼，刺淫奔，正是“天下大乱，强暴相陵，遂成淫风”的景象。郑玄还说发生于“纣之世”，纣王又被当做了箭靶子。又因诗中的男子既是吉士，那么，这个女子自必为守身如玉的贞女，贞女怎么会受人引诱呢？那是因为她在世风日下的时代，男女之间奔走失节，举动轻狂的现象太多了，所以恳切叮嘱吉士一定要遵守礼节，不可轻举妄动，所以走路时要稳重，像舞台上的八字步，见了面不可动手动脚，不要使多毛狗叫出声来。《毛传》说“非礼相陵则狗吠”。这话如果不是为了卫道，倒也对的。荒村夜晚，一片寂静，狗一闻脚步之声，自然会汪汪汪地叫起来。高启《宫女图》：“小犬隔花空吠影，夜深宫禁有谁来？”这是写皇宫中的隐私。

朱熹说第一章云：“南国被文王之化，女子有贞洁自守，不为强暴所污者，故诗人因所见以兴其事而美之。或曰赋也。言美士以白茅包死麕，而诱怀春之女也。”俞平伯《论诗词曲杂著》中针对朱说，有一段很巧妙的辨正：“以今观之，‘或曰’实即朱子之意，惟不敢明言耳。故顾颉刚说：‘朱子明明知此，徒以有文王之化之先入之见，又有以圣人之德之权威，故不能不如上释。明明是自己意思，却加上“或曰”，何胆小如此哉？’……总之，朱子于《诗经》不愧为廓清扫除之功臣，然其工作大半失败的，因见得到，做不到故耳。吾辈宁以‘或曰’之说为朱子之本意而朱子自说实作古人傀儡耳。”这也是理学家的悲哀，明明意识到了，却还是羞羞答答，以袖掩面。倒是姚际恒在《诗经通论》中直截了当地说：“定情之夕，女属其舒徐而无使帨感犬吠，亦情欲之感所不讳也欤？”

此诗内容实很明白，有女怀春，年轻的猎人（或武士）便包着野味去讨好她，后来这个姑娘答应了他的要求，一面叮嘱他来时要悄悄地，不要触动她的佩巾，免得发出声音（这是为了强调要他谨慎），不要使狗惊动。这种事情当然怕人知道，脑子里却不一定有礼与非礼观念。

这样的歌词，在后来的民歌中就多得很，顾颉刚便在《吴歌甲集》中找了这样一首：“结识私情结识隔条浜，绕浜走过二三更，走到唔笃（你们）场上狗要叫，走到唔笃窝里鸡要啼，走到唔笃房里三岁孩童觉转来。”“倷（你）来末哉！我麻骨门闩笤帚撑，轻轻到我房里来！三岁孩童娘做主，两只奶奶塞仔嘴，轻轻到我里床来！”这歌中的女子却已有孩子了。

顾氏又依照胡适的指导，在王次回（王彦泓）《疑雨集》卷四中得到《无题》一首："重来絮语向西窗，奉坠罗衣泪一双。臂钏夜寒归雪砌，鬓鬟风乱过春江。金堂地逼防言鸟，茅舍云深绝吠尨。郎肯爱闲须一到，阿家新醱正开缸。"

王氏以写艳情诗著名，袁枚《随园诗话补遗》卷三，也录王氏《无题》诗四首，其第二首的"密约夜深能待我，吃虚心细善防人。喜无鹦鹉偷传语，剩有流莺解惜春"，可与上述之诗并观，但出于文人之笔，且刻意求工，词多浮藻，在真率自然上便远不及民间作品。

以上各篇从《周南》、《召南》中选来。汉儒以为《周南》、《召南》指地域，《周南》大抵在今陕西、河南之间，《召南》大抵在今河南、湖北之间。时代有的是西周，有的是东周。二南都属于"十五国风"，有的学者以为应从国风中分出，独立成一项目。从内容看，二南大部分为民间歌谣，有的非常精彩。

郭沫若《甲骨文字研究·释南》以为"南"是钟铃一类乐器，由乐器衍变为乐曲的名称。从"南"字字形看，也有些像，便是手执的柄。

弃妇与怨女

现代的“妻子”一词，单指妻，即夫人、太太。在古代有时兼指妻与子。无妻即无子，无子即无后代，所以妇女单就在繁衍种族的贡献上，也是非常卓著的。可是过去的中国妇女生活史，一大半却是用妇女的涕泪写成的，《诗经》中就有好些诉说妇女遭受遗弃、虐侮的作品，《邶风·柏舟》便是有代表性的一篇：

一

泛彼柏舟，亦泛其流。耿耿不寐，如有隐忧。微我无酒，以敖以游。

二

我心匪（非）鉴，不可以茹。亦有兄弟，不可以据。薄言往愬，逢彼之怒。

三

我心匪石，不可转也。我心匪席，不可卷也。威仪棣棣，不可选也。

四

忧心悄悄，愠于群小。觏闵既多，受侮不少。静言思之，寤辟有摽。

五

日居月诸，胡迭而微？心之忧矣，如匪澣（浣）衣。静言思之，不能奋飞。

对这首诗有三种说法，一是以为卫国的仁人因遭谗惧祸而忧心之词。大概因第三章有“威仪棣棣”和第四章有“愠于群小”这些话。二是以为卫国寡夫人作，刘向《列女传》曾记其故事。三是朱熹《诗集传》以为“妇人不得于其夫，故以柏舟自比。……《列女传》以此为妇人之诗。今考其辞气卑顺柔弱，且居变风[1]之首，而与下篇相类，岂亦庄姜之诗与欤？”现代若干学者，也有以为是弃妇之诗，刘大白《白屋说诗》说：“此诗所用譬喻，如镜子、席子、澣衣，都是女子生活中最容易联想到的；而往愬兄弟，也是女子底行径：所以知道它是女子底作品。”这话说得很有道理。俞平伯从写作技巧上也给予很高的评价：“这诗在三百篇中确是一首情文悱恻，风度缠绵，怨而不怒的好诗。五章一气呵成，娓娓而下，将胸中之愁思，身世之畸零，宛转申诉出来。”

第一章的前两句和末两句都是虚衬假设，意思是柏树所造的船虽然坚牢，却不能供她乘载，只能在泛荡的波流中漂浮，如同自己身世一般，因而益发感到心事（隐忧）沉重，一夜无眠，即使有酒，也不能解愁。

第二章的“鉴”为镜子，“茹”一般指吃，如茹毛饮血、含辛茹苦，但镜子怎能吃？于是也有以为影在镜中，若食之入口，无不容者。《毛传》说“茹，度也”。即猜度。《郑笺》说：“鉴之察形，但知方圆白黑，不能度其真伪，我心

① 变风，和正风相对而言，一般指反映周室衰乱，含有讽刺意味的作品。

匪如鉴。”那便是说，鉴不能度，我心则可度。但此诗“我心”三句并列同旨，一正一反，以石、席观之，凡物性之可变动者，在女主人则适得其反，不能转不能卷，按照毛、郑之说，岂非鉴不可度而我心倒可度了？逻辑上便前后乖异。

欧阳修《诗本义》云“《诗》曰：‘刚亦不吐，柔亦不茹。’茹，纳也。传曰：火日外景（影），金水内景。盖鉴之于物，纳景在内”，故不择妍媸，皆纳其景。刚柔两句，本出《大雅·烝民》。此则以《诗》证《诗》，可谓探骊得珠，虽然他认为是卫之仁人所作的。俞平伯又补充说“茹当训纳，非创自欧阳氏，《韩》诗旧说正如此”，下并引《韩诗外传》卷一：“莫能以己之皭皭，容人之混污然。《诗》曰：我心匪鉴，不可以茹。”则茹正有容纳义。

这是说，我的心非镜子那样，可以不分皂白一齐容照，仍喻其心之专一。下面说她原有兄弟，却不能依靠，这倒很像《孔雀东南飞》中的兰芝。

这个女主人是一个很有自尊心的人，所以颇以有庄严的仪表而自负，虽则如此，却仍受一些搬嘴弄舌者的倾陷虐待，静夜思之，不觉捶胸抚心。末章是在怨天，责问太阳月亮的光泽为什么对她如此暗淡，使她的心情像一件洗不清的衣裳。她也想摆脱这境遇，却苦于有翅难飞。

这首诗的具体情节不详，但诗中人为一弃妇则很明白，她的性格很坚强高傲，也正易招致嫉忌，遭到中伤。

以《柏舟》为篇名的，在《鄘风》中也有一篇：

泛彼柏舟，在彼中河。髧彼两髦，实维我仪。之死矢靡它。母也天只，不谅人只！

（次章略）

此诗旧说以为卫国共伯死后，其妻共姜守节，她的父母强迫她改嫁，她坚决不答应，便作诗以明志。但后人从共伯年龄上考证，便觉此说与史实不符。一说是一个不知名的节妇自誓诗，后世遂以"柏舟之志"喻孀妇之守节。从诗意看，当是写一个少女已找到情人，这情人的头发编成两绺，左右各一，可见他尚未成年加冠，她却将他看做美的特征，认为只有这样的人才是理想的丈夫，所以到死也不会改变主意。她的母亲却反对，因此怨恨母亲太不体贴。文次上，"母也"两句出现在最后，因果上应是两人有了恋情后，为她母亲梗阻，于是把自己决心表明：哪怕到死，我也要跟他在一起。

两首《柏舟》开头的手法相同，更见《邶风》的《柏舟》的主体也是妇女，两人性格上的坚强也有共通地方，一个是已婚而被弃，一个是欲婚而受阻[①]。

武王灭商后，分京师地为三国，即《诗经》中的邶、鄘、卫。武庚叛后，周公乃尽以其地封弟康叔，而迁邶、鄘之民于雒邑，故地在今河南汲县境。

陆侃如《中国诗史·十一国风》，根据王国维《北伯鼎跋》的考证，认为“十五国风”中的《周南》、《召南》是独立的，《邶风》、《鄘风》是有目无诗（已经亡佚），今存的《邶》、《鄘》二风实是冒牌，应当仍回到《卫风》内，所以所谓“十五国风”只能说是十一国风。

---

① 《诗经》中篇名相同的，大都是乐曲相类，但内容亦多少地有近似地方，后面《邶风》与《小雅》中的《谷风》也是例子。

七子之歌

唐代李商隐的诗，因为其中有许多篇朦胧晦涩，累得后人像谜语那样去猜测，苏雪林因而有《玉溪诗谜》（即《李义山恋爱事迹考》）之作。《诗经》里的作品，几乎有一半也是谜，到现在没猜中的还很多。下面试举《邶风·凯风》来说：

一

凯风自南，吹彼棘心。棘心夭夭，母氏劬劳。

二

凯风自南，吹彼棘薪。母氏圣善，我无令人。

三

爰有寒泉，在浚之下。有子七人，母氏劳苦。

四

睍睆黄鸟，载其好音。有子七人，莫慰母心。

现代的一般读者，从这首诗字面来看，大概会有这样的印象：一个母亲生了七个儿子，儿子们想到她的辛劳善良，却无法使她得到安慰，没有尽到孝心，因而有些内疚。

最早对这诗发过议论的，是《孟子·告子》篇："曰：《凯风》何以不怨？曰：《凯风》，亲之过小者也。"那是说：此诗是咏有过小过失的母亲的。什么样的小过失？《孟子》没有说。一个辛辛苦苦地养育了七个儿子的母亲，估计年龄也不小了，人又很善良，究竟犯了什么小过失呢？

后人对此有几种理解：① 有感于慈母的辛劳而未能尽其子职的。② 母亲是个继母，七子非一母所生，所以母爱不均，七子自责，母亲为此而感悟。 母亲未能使父亲（丈夫）称心，母亲因而很痛苦，儿子悔恨不能及早劝谏，使母亲免于过失。但从全诗看，看不出其中有父亲的迹象。④《诗序》说："卫之淫风流行，虽有七子之母，犹不能安其室，故美七子能尽其孝道，以慰其母心而成其志尔。"《郑笺》说："不安其室，欲去嫁也。成其志者，言孝子自责之意。"这是说，这位母亲已经沾染上“淫风”了，但采取这一说法的人较多，这里姑依此说先略作文句上的诠释。

凯风是和暖的南风，以喻母氏，棘心为小枣树之心。夭夭，茂盛貌，喻七子自己。这是说，母氏固然非常圣善，儿子却非贤能之人，不能使她在家安居。浚是卫国地名，在楚丘之东，可能是母子居住的地方。睍睆是黄鸟（黄雀或黄莺）叫声。这章是说，黄鸟尚能报其美妙之音，我们七人却无佳言以慰母亲之心。全诗皆出以委婉的口吻，所以说是“不怨”。

将《凯风》解为欲改嫁之诗的，虽为许多学者所同意，可是历代又有不少诗文，将《凯风》作为典故，用以比喻人子对母亲劬劳的追念，同时也包含着对妇女品德上称颂之意。清王先谦《诗三家义集疏》中曾举好些例证，如《后汉书·章八王传》和帝诏曰：“弱冠相育，常有《蓼莪》、《凯风》之哀。”陶潜《孟嘉传》云：“渊明先亲，君之第四女也。《凯风》寒泉之思，实钟厥心。”谢庄《宋孝武宣贵妃诔》：“仰昊天之莫报，怨《凯风》之徒攀。”说明自汉至六朝，皆把《凯风》与《蓼莪》看做同一用意，如果认为是改嫁之诗，就不会引用。王氏又说：“愚案，宋苏轼《为胡完夫母周夫人挽词》，尚有‘凯风吹尽棘成薪’之句。至南渡后，朱子《集传》申明《毛序》之旨，文人皆以此诗为讳矣。”

王氏的案语，有其针对之处，即到了南宋，由于“饿死事小，失节事大”①说的影响，对妇女贞节观念的钳制便特别严厉，但南宋以前，并非全不讲究，《诗序》尤为解《诗经》者所熟诵，可见汉以来的文士也有以为《凯风》与改嫁无涉，只是记述孝思之作。

方玉润《诗经原始》论《凯风》云：“惟《集传》以为七子自责之辞，非美七子之作，较《序》差精。然何以见其为淫风流行耶？孟子曰：‘《凯风》，亲之过小者也。’若为淫风所染，则岂小过已哉？盖古来妇人改嫁，原属常然，故曰小过。乃一改适，遂目为淫，恐天壤间无处而非淫风矣。……况诗中本无淫词，言外亦无淫意。……愚谓七子之母犹欲改节易操者，其中必有所迫。或因贫乏，或处患难，故不能坚守其志，几至为俗所摇，然一闻子言，母念顿回，其恻然不忍别子之心，必有较子心而难舍者，而谓之淫也得乎？不然，欲心已动，讵能速挽？故知其断非为淫起见也。”

方氏的立足点，自然还是站在维护贞节上，有的则为臆

① “饿死事小，失节事大”，本出北宋道学家程颐说，《二程全书》二十二《伊川先生语》八云：“又问：或有孤孀贫穷无托者可再嫁否？曰：只是后世怕寒饿死，故有是说。然饿死事极小，失节事极大。”

说，却说得很生动，如“一闻子言，母念顿回，其恻然不忍别子之心”云云，他怎么知道？而且，全诗以“有子七人，莫慰母心”作结，则七子之母最后是否改嫁或终于未嫁，也很难断言；但方氏将改嫁与好淫严格分开，也是他论点的重心，这一点，在他那个时代却是十分难得的，若照毛、朱等说法，改嫁之妇等于是一个淫妇了。

如前所说，《诗经》中许多本事，本来像谜语，但一涉及有关妇女的事情，就更显得复杂，注疏家常常加些无必要的刻画想象，真像滚雪球那样越滚越大。从道学角度说，固不足取，从文学角度说，却也有可以允许之处。

谷风飒飒

弃妇一词，最早见于南朝徐陵编选的《玉台新咏》，但反映弃妇痛苦的诗，《诗经》中就很多，而以《邶风·谷风》一首最深刻，又富于故事性和表现力。诗中的男女主人并非属于上层，起先还是贫贱夫妻，后来男的家境富裕，便另娶新人，他的前妻乃作此诗以申怨痛（假定是她作的），所以此诗也是痛责重婚之作。《诗序》说："刺夫妇失道也。"方玉润《诗经原始》说："今味诗词，夫失道有之，妇则未见为失。"这固然也辨得对，但《诗序》之意，实是说破坏了夫妇之道，其责任自在夫。

一

习习谷风，以阴以雨。黾勉同心，不宜有怒。采葑采菲，无以下体。德音莫违，及尔同死。

二

行道迟迟，中心有违。不远伊迩，薄送我畿。谁谓荼苦？其甘如荠，宴尔新昏（婚），如兄如弟。

三

泾以渭浊，湜湜其沚。宴尔新昏，不我屑以。毋逝我梁，毋发我笱。我躬不阅，遑恤我后。

四

就其深矣，方之舟之。就其浅矣，泳之游之。何有何亡（无），黾勉求之。凡民有丧，匍匐救之。

五

不我能慉[①]，反以我为仇。既阻我德，贾用不售。昔育恐育鞠[②]，及尔颠覆。既生既育，比予于毒。

---

① 不我能慉，一作“能不我慉”，意即“乃不我慉”。慉，通“畜”，爱惜。

② 昔育恐育鞠，一说“育恐，谓生于恐惧之中，育鞠，谓生于困穷之际”。《诗集传》所引。

六

我有旨蓄，亦以御冬。宴尔新昏，以我御穷。有洸有溃，既诒我肄。不念昔者，伊余来塈。

第一章的同心共死，本夫妇常理。第二章以弃旧怜新对照苦乐两境。第三章刻画被弃后的反复情绪，既显其淳厚，也曲达弃妇心理，实很有典型意义。第四章由泾渭而及水流，追念当年持家的劳苦，如泣如诉。第五章对比今昔，更觉其夫的忍心。第六章补足上一章，反言相诘，重斥其夫的薄幸，也即触及这人的品格。古代常以“良人”称丈夫，这个丈夫却是昧良的人。

谷风是溪谷吹来、飒飒作声之风，和下面的阴雨都比喻丈夫对她的折磨，不是盛怒便是冷淡，但她还是想以当年共患难的旧情来劝导他：看看那萝卜和地瓜吧，就不能只用绿叶而丢弃下面的根茎，对人也不能只爱姿色不重品德，品德才是做人的根本。当初令人温暖的话你可不能违背：“死也要死在一起。”

她的柔情却不能打动丈夫的狠心，于是只得出走。但她又如何舍得这个家？因而欲行又止，举步迟缓，如朱熹《诗集传》所说："盖其足欲前而心有所不忍，如相背然。"下面的"不远"两句，一说丈夫只送她到门槛（畿）边，说明他的薄情。但这样的丈夫，只怕连这点点的薄情也不会给她，所以有人说，这也是责备的话：即使不送我到远处，也总得送我到门口，他却连门口也没送到。

一想到这样的遭遇，便觉自己比起苦菜的荼来，反显得苦菜倒像有甜味的荠了，朱熹所谓"以比己之见弃，其苦有甚于荼"。由此联想到丈夫和新人的欢乐，也即但见新人笑，那顾旧人哭之意。以兄弟喻夫妇，先秦时常用之。《小雅·黄鸟·正义》："《周官·大司徒》十有二教，其三曰'联兄弟'，注云：'联犹合也，兄弟谓昏姻嫁娶'，是谓夫妇为兄弟也。"兄弟天伦，夫妇人伦，两者都是极其亲密的。

以泾渭喻清浊，诗文中常见到，但究竟是泾清渭浊还是渭清泾浊，却有两说。这里是以泾水喻弃妇自己：泾水本来清的，只因渭水混入，便显得浊了，可是等到停下来时，便又一清见底。"屑"是清洁貌，《鄘风·君子偕老》："鬒发如云，不屑髢（假发）也。"即不用假发也很洁美意。此诗中的"不我屑以"，是说我本如泾之清，只因你有了新人，才不把我说成洁美之人。她的丈夫既然蓄意遗弃她，自然要说她坏话。

由新人的进入其家，想起家中的鱼坝渔具。“毋”是禁止之词，“逝”为前往，“发”为打乱。但她既已被逐，又怎能禁止新人的行动？也只是借此发泄对新人的敌意，唯恐新人看到是旧人之物，因刺眼而故意损坏。所谓新人，用现代话说便是情敌，敌意却来自新旧两方。梁、笱未必实指，泛喻她日常接触的生活用品，如同说柴米油盐一样。可是接着想到自身尚不能被容留，还有什么心思计较出走后的事情？这是以“毋逝”唤起“我躬”，结句才显得分外沉痛。

第四章的“方”指筏，和“舟”字都作动词用。意思是深的地方我用筏用船去渡，浅的地方就浮游而过。这是譬喻自己遇到各种困难，总是设法解决。“何有何亡（无）”两句，也是同一寓意。前四句通过形象，后两句为抽象的概括。“凡民”两句，不大好解。“丧”泛指急难、灾祸，“匍匐”原为伏地蛇行，这里指尽力，用在妇女身上就很别扭。朱熹说：“又周睦其邻里乡党，莫不尽其道也。”姑且采取这一说。

以上这些回顾，在当初过贫贱生活时，本来是一个主妇应尽之责，想不到现在却化爱为仇，还对她的诚心良言置之不理，就像有货物无处可卖。从前生计（育）穷乏（鞫）时，只得一同在磨难中过着日子，现在处境好转了，却看做了毒物一样。这些都是怨尽怨绝的话。

末章以时令唤起：我本来储藏着美味的干菜，准备过冬之用，却被你们在新婚的青黄不接时填充了空档。这也是譬喻，泛指新人趁现成使用弃妇挣置的东西，《召南·鹊巢》所谓“维鹊有巢，维鸠居之”。洸，洸洸，本指威武，这里指暴戾；溃，溃溃，本指坏乱，这里指激烈，都是形容丈夫的凶横，下句是说还要给她做劳苦的事务。这也是追溯。“伊”是语助词，“来”乃“是”之意，非往来之来。“塈”是“悉”的假借字，也即“爱”字。这两句是说，你不想想当初我们也曾恩爱过？其潜词就像现代话里“你这没良心的”！宋王质《诗总闻》卷二以“伊余来塈”的来，解为往来之来，遂以为此非弃妇见绝之诗：“望来而求安也，绝则岂复来乎？”一字之微，差以千里，但首章确是尚望她丈夫回心转意。

值得注意的是，《小雅》中也有一首《谷风》：

一

习习谷风，维风及雨。将恐将惧，维予与女（汝）。将安将乐，女转弃予。

二

习习谷风，维风及穨。将恐将惧，寘（置）予于怀。将安将乐，弃予如遗。

三

习习谷风，维山崔嵬。无草不死，无木不萎。忘我大德，思我小怨。

《诗序》和朱熹都以为是怨恨朋友谊绝，其实也是弃妇的怨思，《小雅》中本有一些抒写男女情爱之作，可能是《邶风》的《谷风》粉本，也说明当时妇女被遗弃之多。

静女之谜

一

静女其姝，俟我于城隅。爱而不见，搔首踟蹰。

二

静女其娈，贻我彤管。彤管有炜，说（悦）怿女（汝）美。

三

自牧归荑，洵美且异。匪（非）女（汝）之为美，美人之贻。

这是《邶风·静女》，共四十九字。不看注疏，内容也大致明白：男女两人约定在城楼上相会，到时候却见不到女的前来，男的很惆怅，便拿着她赠送的彤管与荑赏玩着，更引起他深切的相思爱慕之情。

这样一首不满五十字的小诗，20世纪20年代顾颉刚主编的《古史辨》第三册，对它的本事和其中名物，却展开过热烈的论辩，参加的人在十人以上，文章约十万字，讨论时间长达四五年，到现在仍不能得出明确的定论。

首先，它的本事是什么？人物是何等样人？姑举最有代表性的两说：一是《诗序》说："刺时也。卫君无道，夫人无德。"《郑笺说》："以君及夫人无道德，故陈静女贻我以彤管之法，德如是，可以易之为人君之配。"但我们只觉诗人是以欣赏口吻在渲染，看不出有什么讽刺意味，所以清陈启源《毛诗稽古编》便说："诗极称女德，而《序》反言夫人无德，所言者作诗之意，非诗之词也。"即是说，诗的本来面目并非如此。二是欧阳修、朱熹等以为是描写男女"淫奔"期会，现代绝大多数学者也认为在写情人相会。但陈启源又说："夫淫女而以'静'名可乎哉？"这自然不脱道学成见。静女之"静"，原是温文、高雅、安详，指她的风度；姝、娈是漂亮的意思，指容貌，但这原是抽象主观的直感，即情人眼中的西施，诗人心中并不存在"淫女"的偏见。

其次，诗中的男主角到底有没有见到静女？① 没有见到。那为什么又说她送了他的彤管与荑？“贻”是赠送，众口一词，绝无歧义。归通“馈”，《论语·微子》中“齐人归女乐”之归，也指赠送。② 见到了。那为什么又说“爱而不见”，紧贯下句的“搔首踟蹰”，也分明是失望和遗憾的表示。

对 ① 的疑问，不难解答：两人既能约好在城楼相会，说明早有恋情，彤管与荑都是这之前送的。这次或由于受到阻力，或因她不再爱他。他在怅惘之余，睹物思人，由今念昔，以失怀得，便引起一连串心理活动。

对 ② 的解答，较为曲折：先得把“爱”解为“薆”的假借字，“薆”则是隐蔽的意思。即是说，静女为了逗弄他，起先故意躲在隐蔽地方。后来见到了，便把礼物送给他。他回去后，自然十分愉快。

那么，彤管又是什么东西？有的说是古代后夫人宫中女史官所用的赤管笔。可是它和静女有什么瓜葛？静女怎么会有这种彤管？难道静女便是女史，拿来送她情人？有的说是涂上红漆的乐器，如箫笛之类。有的说是红色管形的初生之草。有的说是“管”应当作“菅”，菅是一种茅草。那还不仍然是草？汉碑中从艸从竹之字往往不分，如“主簿”也作“主薄”，还不如说管通“菅”为爽快。

第三章中的荑是始生的白茅嫩草。这一点，各家皆无异议。“牧”原指放牛羊的郊野。“自牧归荑”，即是静女从野外采来的嫩茅。这就涉及这样一个问题：荑和彤管是二物还是一物？前人已曾说过，静女不可能一次送了两种东西，虽然这也说得太拘泥。也有人以晋郭璞《游仙诗》的“陵冈掇丹荑”为证，丹荑即丹管，可见静女赠送的实是一物，第三章所以用荑，只是为了押韵缘故。二章三章中之“女”皆通“汝”，指彤管与荑，意谓并非因为你们这些茅草本身很美好，只因是美人赠送，才显得珍贵，即有纪念意义。是的，只要是情人送的，哪怕是一方手帕，一朵草花，也成为情爱的化身，何况是女方送的。

如果将彤管解为女史所用之笔或涂上红漆的乐器，总觉与荑不很调和，因为两者“资格”差距较大，即便是二物，彤管还是草类。朱熹《诗集传》说：“彤管，未详何物。”却是很谨慎的不知为不知的说法。做学问的，既要大胆，又要谨慎。

但彤管和女史的牵连，也并非全无根据，无的放矢。《左传》定公九年云：“苟有可以加于国家者弃其邪可也。《静女》之三章，取‘彤管’焉；《干旄》‘何以告之’，取其忠也。”这些话是什么意思呢？不大好懂。顾颉刚说：“《静女》的诗义并不好，只是《静女》诗中的‘彤管’是一个好名目，就可取了。”俞平伯说：彤管不妨两用，“古代即有彤管之法，而《静女》仍不妨为淫奔之诗”，《静女》篇中彤管只是充情人的表记，“但我们并不能因此断言彤管女史之法为乌有”。我想将这两位前辈的话稍稍调补一下：《左传》中的彤管是一个特定的专名，指一个概念，一种法则。《左传》先认为《静女》本身是邪诗，彤管却是女史掌训示法的象征，诗中有此一词，便具训诫价值，用近代一度流行的话来说，便有“消毒”作用，如同《干旄》原无可取，但其中“何以告之”却有忠告意义。《郑笺》可能从《左传》得到启迪。换言之，《静女》中的彤管是具体的实物，《左传》却将它上升为抽象的概念了。

这样解释自极不圆满，因而仍是谜，但两千余年前古人留下的谜，让我们后人来猜，也是很有兴趣的事情。

上梁不正

《静女》不是讽刺卫君及其夫人，但《诗经》中确有好多篇讽刺卫宣公和宣姜的。《邶》、《鄘》、《卫》三风共有三十九首诗，按照《诗序》的说法，讽刺他们两人丑行的就有八首。先以《邶风·新台》来说。

卫国到卫庄公姬扬时，就开始了连续的混乱，原因主要由于统治集团家族内部的斗争，其中卫宣公姬晋，尤其荒唐丑恶。他曾经诱奸父亲之妾夷姜，生子伋，后为伋娶妇于齐。他听说齐女很美，便想自娶，又恐齐女不从，便在从齐至卫的黄河边上（在濮州境）筑了新台，等齐女到来时，将她拦截，这便是宣姜。（夷姜则因失宠而自缢）国人乃作此诗刺之。

一

新台有泚，河水弥弥。燕婉之求，籧篨不鲜。

二

新台有洒，河水浼浼。燕婉之求，籧篨不殄。

三

鱼网之设，鸿则离（罹）之。燕婉之求，得此戚施。

新台明美，河水弥漫，新娘所盼望的该是美少年，想不到是一个老不死的鸡胸汉。渔网本是为了诱捕鲜鱼，如今却给癞蛤蟆跳了进来。

籧篨是不能俯身（腰不能弯）的人，俗呼鸡胸，指宣公。戚施是不能仰视（腰不能直），即驼背。《国语·晋语》四：“籧篨不可使俯，戚施不可使仰。”宣公一人不可能患此古怪的两种毛病，或者是讥讽他行为颠倒，不可为一国之君，《诗经》、《国语》皆以籧篨、戚施并用，可见是先秦时常用的比喻。欧阳修《诗本义》卷三：“据此，公在台上，其下之人甚众，有仰而视者，有俯而不欲视者，然则不欲视者恶之尤深。”这是把观看新台的人，理解为籧篨、戚施，也便是把他们说成要讽刺的丑陋对象了。实是错的。

据闻一多《诗经通义》考证，籧篨和戚施都是蟾蜍，即癞蛤蟆。“鸿即离（罹，遭遇）之”的“鸿”也是蟾蜍。鸿为苦蛮的合音，苦蛮即蛤蟆。古以鸿为美鸟，诗却以鸿喻丑恶，故知非鸿鹄之鸿。

接在《新台》之后为《二子乘舟》：

一

二子乘舟，泛泛其景。愿言思子，中心养养。

二

二子乘舟，泛泛其逝。愿言思子，不瑕有害。

此诗的故事是这样的：卫宣公占有宣姜之后，生了两个儿子：寿、朔。宣姜要害死伋（宣姜本应作伋之妻），好让她儿子为卫君，宣公依从她，便令伋出使齐国，给以白旄，又预派人假扮强盗，埋伏路上，等伋经过将他杀死。伋的异母弟寿却是个好人，闻讯后便劝伋逃往别国。伋却不肯，于是当伋将乘船赴齐国时，寿便到船上用酒灌醉伋，自己另乘一只船，载着使者的旗帜白旄，往前走去，遂被假盗所杀。伋酒醒后，坐船追去，又被假盗杀死。卫国人知道这一事件后，便写此诗怀念二子。

愿，怀念。养养，忧虑之状。逝，前往。末句“不瑕有害”表疑问：大概不至于有灾祸吧？

这两首诗咏卫宣公夺媳杀子事，古今学者大都无异议，但和《左传》等书参核后，对其中具体情节也有提出疑问的，如究竟作于二子生前或死后，二子原是走陆路而非走水路，也非同时成行，为什么说“二子乘舟”（但诗里并没有明说乘同一只船）？也有人从义理上批评二子不应逆来顺受，甘心就死，使宣公蒙上恶名，而应当远祸逃走。但崔述《读风偶识》，却从根本上认为二诗“非卫宣公及伋、寿事”：“以父而夺子妻，禽兽行也，此真所谓言之丑者。乃但笑其籧篨，戚施，若憎宣公之老且丑者，少知名义者肯为是言乎？既至而知其美，故夺取之。未至而先筑台，又不于国而于河上，欲何为者？”如果崔述掌管当时诗教，这一类诗就会被销毁。

宣公的行为固然极为荒唐，但这类“禽兽行为”的乱伦丑事在先秦中却不乏其例，民间以籧篨和戚施比之，并非只是笑其老且丑，而是从品质上予以极其尖锐的讽刺。黄焯《毛诗郑笺平议》，引姜炳璋《诗序广义》：“不殄、不鲜，犹言须臾无死，尸居余气耳。”又引胡承珙《毛诗后笺》，“其实不鲜、不殄，皆言‘胡不遄死’也，盖深恶之之辞”。解得很有道理，那便是最严厉的诅咒了。

后来唐高宗之与武则天，唐玄宗之与杨玉环，一为父妾，一为子妻，那已经在一千余年之后。五代时梁太祖朱温和他媳妇（不止一个！）的丑行，也是公然为之，朱温最后便被他儿子所杀。

至于《二子乘舟》中一些细节上问题，则由于宣公之杀伋，本有些秘密性，民间但知其阴谋的梗概，几经传布，有些细节上的出入也是可能，恰恰见得民间作品的特色。[①]

《史记·卫康叔世家》评赞云："太史公曰：余读世家言，至于宣公之太子以妇见诛，弟寿争死以相让，此与晋太子申生不敢明骊姬之过同，俱恶伤父之志，然卒死亡，何其悲也。或父子相杀，兄弟相灭，亦独何哉？"末句虽为疑问词，司马迁心中却很明白。

如果说"卫多淫风"的话，那么，正用得着上梁不正这句老话了。

---

① 这类带传奇性的故事，传到民间和后代，便真相难明，如同是汉代刘向作的《列女传》与《新序》，前者说寿被盗杀后，伋见寿为己而死，便叫盗也将他杀死。后者说寿被杀后，伋载其尸而还，至境而自杀，梁玉绳所谓愈演愈殊。

中冓之羞

卫宣公之占夺宣姜，前人也有责宣姜不应相从的。但这尚可说出于被动。宣公死后，她的儿子朔即位，就是惠公，只有十五六岁。齐国人却强迫宣公庶子顽（昭伯）和宣姜私通，生了三个儿子：齐子、戴公、文公；两个女儿：宋桓夫人、许穆夫人。《鄘风·墙有茨》讽刺其事：

一

墙有茨，不可扫也。中冓之言，不可道也。所可道也，言之丑也。

二

墙有茨，不可襄也。中冓之言，不可详也。所可详也，言之长也。

三

墙有茨，不可束也。中冓之言，不可读也。所可读也，言之辱也。

茨是有三角刺的蒺藜，蔓生细叶，古人种在墙上，以防盗贼，就像后来插上尖角的玻璃或铁片。中冓指闺门之内，后世的“中冓之羞”的语源即出于此。“所”是如果，“襄”是攘除，“详”是细说，“束”是捆扎，“读”是宣扬。全诗除少数单字需作注解外，通篇都很浅明通顺，和现代意义没有多大隔阂，如“言之长也”便是说来话长之意。一二两句和三四两句呼应，意思是墙上的蒺藜不可以扫去，要扫去就会刺痛手；闺房中阴私之事也不可以谈论，如果谈论了，实在太丑了。

三章中虽有几个虚字的出入，但各有进一层的意思：“襄”比“扫”进一层，“束”比“襄”又进一层。

从诗的字面看，似乎诗人要大家不要谈论，实际却适得其反，因而发挥了讽刺诗的微妙作用。

紧接《墙有茨》之后的是《君子偕老》，也是讽刺宣姜的：“君子偕老，副笄六珈。委委佗佗，如山如河。象服是

三

墙有茨，不可束也。中冓之言，不可读也。所可读也，言之辱也。

茨是有三角刺的蒺藜，蔓生细叶，古人种在墙上，以防盗贼，就像后来插上尖角的玻璃或铁片。中冓指闺门之内，后世的“中冓之羞”的语源即出于此。“所”是如果，“襄”是攘除，“详”是细说，“束”是捆扎，“读”是宣扬。全诗除少数单字需作注解外，通篇都很浅明通顺，和现代意义没有多大隔阂，如“言之长也”便是说来话长之意。一二两句和三四两句呼应，意思是墙上的蒺藜不可以扫去，要扫去就会刺痛手；闺房中阴私之事也不可以谈论，如果谈论了，实在太丑了。

三章中虽有几个虚字的出入，但各有进一层的意思：“襄”比“扫”进一层，“束”比“襄”又进一层。

从诗的字面看，似乎诗人要大家不要谈论，实际却适得其反，因而发挥了讽刺诗的微妙作用。

紧接《墙有茨》之后的是《君子偕老》，也是讽刺宣姜的：“君子偕老，副笄六珈。委委佗佗，如山如河。象服是不善，又怎样说呢？《郑笺》说："子乃服饰如是，而为不善之行，于礼当如之何？深疾之。"就解得太浅了。黄焯《毛诗郑笺平议》云："焯谓此诗所陈美容盛饰之夫人，全为虚拟之辞，虽其意在刺卫夫人，其辞则非就夫人之身而言，特反文以见义而已。"说得也对。第三章结末说"展如之人兮，邦之媛也"，意为当真有这样的人啊，算得上国中的名女了。话里含骨，尤为点睛之笔。"展"是诚然之意，恐怕人家不相信似的。正如方玉润所说：从她起先的穿着华贵象服的外貌上看，真像天人下降，帝子来临，不正是一国的母仪？等到看了纱服亵衣的妆饰，"何其媚也"？

还有一首《鹑之奔奔》：

一

鹑之奔奔，鹊之彊彊。人之无良，我以为兄？

二

鹊之彊彊，鹑之奔奔。人之无良，我以为君？

"奔奔"为跳跃，"彊彊"为环飞。这是以鹌鹑和鹊的雌雄原有固定的配偶，反比宣姜和顽的乱伦。"我以为兄"这句，学者尚无定论，有的说是顽的兄弟辈做的，有的说是用惠公口吻说的，因惠公和顽本是异母兄弟。君指宣姜，周代有此称法。

刘向《列女传》将宣姜列入《孽嬖传》，并说卫国“五世不宁，乱由姜起”，那还是把女人看做祸水，如果要说责任，自在宣公，虽然宣姜自己的行为，也有放荡之处。《鄘风》中还有一首《相鼠》，其第一章云：“相鼠有皮，人而无仪。人而无仪，不死何为？”这是讽刺卫国上层人物的行为荒唐，不遵守礼仪，虽非直接指宣姜和顽，却也包括他们在内，可以和《君子偕老》合观。

约后于宣姜四百余年，即到卫灵公时，兵完卫出了一个名女人南子，《论语》和《史记》中都记载孔子和她会见故事，引起孔子弟子子路的反感。《史记》还说灵公与南子同车外出时，孔子乘了跟在后面的第二辆车子招摇过市。《列女传》将南子列为“卫二乱女”（另一个为卫伯姬）。她与宋国的子朝私通，却得到灵公的宠爱，后又引起卫国的内乱。林语堂曾写过《子见南子》剧本，日本作家谷崎润一郎也曾以此作为题材，写过小说《麒麟》。

女子有才又有德

卫惠公死后，儿子懿公姬赤即位。懿公荒淫奢侈，遂被狄（翟）人所杀，狄是当时北方很强悍的一个部族。幸亏宋桓公连夜把卫国臣民救过了黄河，在曹邑另立戴公（顽所生）姬申，遗民共有五千余人。

戴公有两个姊妹，一个嫁宋国，即宋桓夫人，一个嫁许国，即许穆夫人。许穆夫人听到消息后，便到曹邑吊唁，许国的大夫却往曹邑劝阻，要她回许，她没有答应，还作了一首《载驰》向大国求救，齐桓公便派兵往救。

据刘向《列女传》说：齐国起先也向卫懿公（误）求娶许穆夫人，懿公却准备嫁许，许穆夫人以为齐大而近，若有危难，可以告急，卫侯不听，还是嫁许。《列女传》内容有错，把许穆夫人说成懿公之女（应是懿公姑母），但说明卫许之间的矛盾，当初这门婚事也是一个因素，许穆夫人在许国，或许并不融洽。

一

载驰载驱，归唁卫侯。驱马悠悠，言至于曹。大夫跋涉，我心则忧。

二

既不我嘉，不能旋反。视尔不臧，我思不远。既不我嘉，不能旋济。视尔不臧，我思不閟。

三

陟彼阿丘，言采其蝱。女子善怀，亦各有行。许人尤之，众稚且狂。

四

我行其野，芃芃其麦。控于大邦，谁因谁极。

五

大夫君子，无我有尤。百尔所思，不如我所之。

《诗经》中一些女作者，有的只是传说，并不可靠，这首《载驰》却是可信的，所以许穆夫人实是两千余年前一位女诗人，而且是性格坚强的爱国诗人。

第一章的“载”是“乃”的意思。第二章的“臧”是完善，“闷”是闭塞。第三章的“蝱”是药草贝母。全诗的大意是：乘着疾驰的车辆来到曹邑，看到许国大夫也跋涉而来，心里不禁忧虑踌躇。纵然不嘉许我的行动，我也不能立即回去，比起你们不高明的主张，我的主意还算切实而不虚远。她重复说了一遍，不再渡河，自问并不固执，以此表示决心。第三章当是回顾。当她登上山坡时，曾经采过贝母（此恐是假托，暗示自己烦闷需要药物）。女子们即使敏感，也各有自己的道理，许国人却在责备我，未免无知狂妄。走到原野，只见一片茂密的麦田，我将告赴那些大国，谁能让我们依靠、亲近的，我就向那国乞援。这也等于在说给许国听，含有意气，所以前人说这诗是在责怪她的丈夫许君。末了，她还告诉许国大夫：不要再埋怨我了，你们一切念头，都不如我要达到的目的那样完美。

对这首诗，学者也有些分歧的意见：① 在分章上，有的分四章，有的分五章，也有分六章的，即把重复的“既不我嘉”四句再剖为两章。② 归唁之“唁”，原意为向丧家或失国诸侯的慰问。旧说诗中的卫侯指戴公，但戴公即位一月而死，继立的为其弟文公姬毁。狄人灭卫在冬天，此诗采蝱和麦盛为春夏之交事物，故应是次年文公继立后事。③ 第一章和第五章都有“大夫”。一说前一个指卫国大夫，后一个指许国大夫。但接下来明明是对付不赞成她至曹者而言，那应是许国大夫，否则便嫌突兀而扞格。但若解为许大夫，事理上也不大通：他们难道为追阻她而同时到了曹邑，甚至比她先到？既然如此，为什么不在她动身前拦阻？难道是她秘密逃出来的？④ 有人说许穆夫人因受阻挡，没有成行，诗里写的全是想象虚拟之词，《诗序》说：“思归唁其兄，又义不得，故赋是诗也。”朱熹《诗集传》说得含混而离奇：“将以唁卫侯于漕邑，未至，而许之大夫有奔走跋涉而来者，夫人知其必将以不可归（漕）之义来告，故心以为忧也，既而终不果归。”那么，奔走跋涉而来的相告之处又是什么地方？若是指仍在许国，何必奔走跋涉？若是指中途，岂不更奇？再说一篇之中有若干想象之词是常见的，此诗倘为想象，则从第一句至末句都是虚构了，可能吗？

这当然也难怪后人的置疑：以国君夫人而不顾大臣的反对（即使许国大夫是事后追赶而去，但她在许国时必已有人梗阻），仓皇远行，沿途烽烟四起，卫国居民流离，她又如何投奔？方玉润《诗经原始》因而认为不可能。但如果说成全是想象之词，也是很费解的。这里姑依一般说法，解为已经到达曹邑。不管怎样，这位古代的女诗人确是值得尊敬的，她不但有才，还有高尚的品德，在她身上，才与德是统一的。

女性美之歌

《诗经》中最有声色的是《国风》，《国风》中最活跃的是妇女。桑间河下，衣香鬓影，举手投足，此哀彼乐，无不有她们千变万化的形象，这些诗歌的语言，又都有创造性的艺术特色，这也说明民歌与妇女的水乳关系，无女性即无文化、无艺术，无女性，美学史便显得苍白。

齐庄公的女儿出嫁到卫国去，要做卫庄公的夫人（庄姜）了，卫国人为她的新婚而歌唱：

一

硕人其颀，衣锦褧衣。齐侯之子[①]，卫侯之妻。东宫之妹，邢侯之姨，谭公维私。

---

① 这里的“子”指女儿。

二

手如柔荑，肤如凝脂，领如蝤蛴，齿如瓠犀，螓首蛾眉。巧笑倩兮，美目盼兮。

三

硕人敖敖，说于农郊，四牡有骄，朱幩镳镳。翟茀以朝。大夫夙退，无使君劳。

四

河水洋洋，北流活活。施罛濊濊，鳣鲔发发。葭菼揭揭。庶姜孽孽，庶士有朅。

《左传》隐公三年说："卫庄公娶于齐东宫（太子）得臣之妹曰庄姜，美而无子，卫人所为赋《硕人》也。"《诗序》据此说是庄公惑于嬖妾，故卫人作此诗怜悯庄姜。但她刚刚出嫁，诗人怎么知道她"无子"，前人早已辩驳。但庄姜长得很漂亮，倒是事实。

劈头第一句写她身材修长，含欣赏口吻，仿佛舞台上的亮相。古代无论男女都以高大为美，可能是用北方人的标准。次句指锦衣上再罩一件外衣。这是女子出嫁时途中遮蔽尘沙用的。下面叙述她的高贵身份。“姨”为男子对其妻的姊妹之称，现在还在用；“私”则是女子称她姊妹的丈夫，现在却无此称谓了。邢国在今河北邢台，谭国在今山东历城东。

第二章是最精彩部分。她的那双手白嫩得像茅草的嫩芽，肌肤柔滑得像凝结的油脂，头颈白得像天牛的幼虫，牙齿的洁白整齐像瓠瓜的子，头角方正如小蝉，眉毛弯而长如同蚕蛾。《君子偕老》中的“扬且之皙也”，《野有蔓草》中的“清扬婉兮”之“扬”，都指额，因额广便显得容貌开朗，颜角丰满。“齿如瓠犀”句，宋玉《登徒子好色赋》以“齿如含贝”作比，到西汉的东方朔改为“齿若编贝”（见《汉书》），不过那是用在男子身上。但以天牛的幼虫比美女的头颈，现代懂得审美心理的作家，恐怕不会这样写了，读者见了反而会不舒服。

“巧笑”两句是名句，是说笑起来双颊现着酒窝，顾盼时两眼黑白分明。方玉润《诗经原始》说：“千古颂美人者无出此二语，绝唱也。”曹植《洛神赋》的“明眸善睐，靥辅承权”（“权”指双颊）即此意，但句次前后不同。

第二章的前五句，只是写容貌上美的特征，末两句先写表现性的笑，其中隐含新娘的娇羞，然后展出黑白分明（盼）的美目，《长恨歌》所谓“回眸一笑百媚生”，正见得眼和笑在表情上的相互关系。

第三章的“敖敖”也指修长。“说”是停车下马，“骄”是马的肥壮貌，“茀”为遮蔽女子车辆之物，“翟茀”指茀上用雉鸡羽毛为装饰。这章写她先在近郊歇息，四匹雄马的铁络头便用红绸缠扎。大夫们都来朝见，侍从人员要他们早退，免得增添夫人的疲劳，因为还要乘上遮着翟茀之车去和卫君相会。

她停车地方在黄河边，罛是渔网。时间该已晚了，河上响起活活的水流声，涉涉（音或）的撒网声，鳣鱼鲔鱼（一说是鳝鱼）发发的跳跃声。丛长的芦荻在晚风里摇曳，服饰华丽的众多陪嫁之女，气概威武的护送诸臣在活动着。齐国是姜姓，所以这些女子也姓姜。

第一章写阀阅之尊的家世，俗所谓金枝玉叶。第二章写她姣美。第三章写她憩息时车马之盛，大夫来见，已显得国君夫人的身份。第四章写陪嫁送嫁的男女人员之多，托出齐国的富强，与上文齐侯之子，东宫之妹相呼应。

第三章“无使君劳”之“君”有两说，一说当时国君夫人也称君，如《春秋》称文姜为小君。一说指卫庄公，朱熹《诗集传》说：“此言庄姜自齐来嫁，舍止近郊。乘是车马之盛，以入君之朝……故谓诸大夫朝于君者宜早退，无使君劳于政事，不得与夫人相亲。”但上文明说“说于农郊”，有的人甚至以为她这时还在齐境。按照朱熹说法，她在农郊歇息后，便即入朝成礼，和卫君相见。这固然也说得通，但末章又分明是农郊景物，如果已到卫宫，怎么还有河水、渔网和芦荻？魏源《诗古微》八也以“君”字义同“女君”，庄姜此时尚在途中，“至翟茀以朝而后，乘翟车以入国，更翟衣以见君也”。这是说，“翟茀以朝”非现行之事，只是即将进行的准备性动作。在这首诗里，卫君始终不曾出现。

《硕人》是早期写“女性美”最特出的一篇，后来宋玉《登徒子好色赋》的“眉如翠羽，肌如白雪，腰如束素，齿如含贝”，也是用物体作比喻，但“增之一分则太长，减之一分则太短，着粉则太白，施朱则太赤”，已是从心理上来表现他的审美趣味。曹植的《洛神赋》，以宋赋为胎息，成为“女性美”创作中更有典型性的力作，他的“秾纤得衷，修短合度”，原是取法于《神女赋》的“秾不短，纤不长”，曹赋却显得庸浅直率了，那等于说，不肥不瘦，不长不短。这样的话，谁不会说呢？宋赋是说，丰腴而不矮短，否则便显得矮胖；纤细而不修长，否则便显得竹竿似的。为文之道，有时需要直说，有时便得转个弯子。

《谷风》的姊妹篇

本书的《谷风飒飒》中，已经评介过一位弃妇的遭遇，下面《卫风》中的《氓》，可以说是它的姊妹篇：

一

氓之蚩蚩，抱布贸丝。匪（非）来贸丝，来即我谋。送子涉淇，至于顿丘。匪我愆期，子无良媒。将子无怒，秋以为期。

二

乘彼垝垣，以望复关。不见复关，泣涕涟涟。既见复关，载笑载言。尔卜尔筮，体无咎言。以尔车来，以我贿迁。

三

桑之未落，其叶沃若。于（吁）嗟鸠兮，无食桑葚。于嗟女兮，无与士耽。士之耽兮，犹可说也。女之耽兮，不可说也。

四

桑之落矣，其黄而陨。自我徂尔，三岁食贫。淇水汤汤，渐车帷裳。女也不爽，士贰其行。士也罔极，二三其德。

五

三岁为妇，靡室劳矣。夙兴夜寐，靡有朝矣。言既遂矣，至于暴矣。兄弟不知，咥其笑矣。静言思之，躬自悼矣。

六

及尔偕老，老使我怨。淇则有岸，隰则有泮。总角之宴，言笑晏晏。信誓旦旦，不思其反？反是不思，亦已焉哉。

全诗的故事性很完整，如何相爱，如何决裂，以及决裂后对丈夫的态度都很清楚，悔恨的心情也很明显。

“氓”等于说民，也即“那汉子”的意思。当初他是抱着布，笑嘻嘻地来到她跟前。布，有的作钱币解释，这里还是作布帛解。当时虽已有货币，但还保留着以物易物的习俗。不过，他并非真是以布来换丝，只是找个借口，目的是向她求爱，实际是引诱。他回去时，她送他渡过淇水，到了顿丘。可见她对他已有恋情，也说明当时男女的接触还很自由。

这以后，由于男方没有派媒人来，所以婚事未能举行，男方似曾责问她，她便将理由说明。古代不是自由恋爱，一般都由媒人介绍，媒人等于是证人，否则，旁人就要对这件亲事怀疑。《豳风·伐柯》说：“伐柯如何？匪（非）斧不克。取妻如何？匪媒不得。”可见媒人的重要性，《孟子·滕文公》中还说，“不待父母之命，媒妁之言”的那种结合，便会受人鄙视。

从“将子无怒”这句看，女的似在让氓消气，又见得她对他的忠诚温柔，并且向他表示了决心：也不必再派媒人了，到秋天便和您在一起。欧阳修、朱熹便称之为“淫女”。

“子”是尊称，犹言“您”。“送子”以下一段，是女主人的内心对话，如说“您可记得”。

第二章写她痴心。两人分别后，她曾从高高的城墙上看望复关（可能指城关，和“垣”押韵）。未见则悲，既见则喜，显出波折回复之致。两人便去求神问卜，以此代替媒妁。卦象上没有不吉利的话，男的用车去接，女的装上嫁妆。古代以龟甲问卜，“体”指龟甲。“贿”原指财物，女的匆促而行，恐也只是随身用的东西。

传说鸠食桑葚太多，便会昏醉，比喻女子不能过分被男子恋情迷惑，万一变了心，男的还可摆脱（说），女的不可收拾。也有人以为这是别人告诫女子的话，可备一说。实是事后懊悔当初不该太依从他。

第四章以桑叶未落时的柔盛，转入已落时的枯黄，比男子情意的衰薄。最后是决裂，从氓处出来，渡淇水回家，车幔上都沾着水。“不爽”指自己没过错，“无极”指氓前亲后薄，没有准则。

第五章追述她在氓家时的劳苦：所有家务无不承担，早起晚睡，没有一天不是这样。《谷风》中那个女子也是一样。是的，既然不顾一切而跟随了他，当然要把这个家庭安排得很妥帖，谁知愿望实现才三年，他就对她暴虐了。不得已回到家里，兄弟却不体谅，反而对她大声讥笑。思前想后，更为痛心。顾况《弃妇词》说："古人虽弃妇，弃妇有归处。今日妾辞君，辞君欲何去？"其实古代弃妇虽可回娘家，日子仍是难熬的。

两人这时都未到老年，末章是说碰到这样的人，即使偕老，也是怨偶。淇水尚有岸，湿地尚有边，这种怨恨却永难了结。童年时代的说笑戏玩，后来的发誓许愿，他就不想一想？既然不念旧情，那就算了。"总角"指儿童头发束成两角，"宴"是快乐，"反"是开始。从这句看，她们好像从小就相熟。

氓的家里很穷，故也可说是糟糠之妻。两人共处才三年，她之被弃，可见并非因为"华落色衰"。第五章的"言既遂矣"，也有解为事业有成就的，即使如此，也不会怎样富裕。《谷风》中的那个男子，是恋新弃旧，此诗中未说氓有新人，那只能以他性格的粗暴来解释，也只有"至于暴矣"一句话，而女的性格却很鲜明：忠诚、果敢、坚强。《诗序》说是"奔诱"，倒也没错，即一诱一奔。

"士之耽兮"四句，就古代妇女处境来说，原是事实，却又显得分外委屈，钱钟书《管锥编》论此四句引斯大尔夫人（Madame de Staël）之言云："爱情于男只是生涯中一段插话，而于女则是生命之全书。"可谓中外同慨。《郑风·褰裳》中也有这样的女子："子惠思我，褰裳涉溱。子不我思，岂无他人？"那是采取报复的手段，恐只能适用于未婚的少女，如果是已嫁之妇，在男尊女卑的时代，还是处于被动的地位，上面引的"士之耽兮"云云，就是很现成的说明。

闺思成病

闺思是中国古代诗歌重要内容之一。诗中的女主人通称为“思妇”，思念的对象都是外出的丈夫，外出的原因有的为从军，有的为经商，其中有表现怨恨情绪的，所以也叫闺怨。作者有妇女本人，但大部分是男士以思妇口吻而描摹。这些作品虽不脱男性中心的习见，但他们能选择这种题材，还是不错的。

《诗经》中有不少写闺思之诗，要了解两千余年前妇女生活，不可不读《诗经》。

《卫风》中的《伯兮》是有代表性的一篇：

一

伯兮朅兮，邦之桀兮。伯也执殳，为王前驱。

二

自伯之东，首如飞蓬。岂无膏沐，谁适为容？

三

其雨其雨，杲杲出日。愿言思伯，甘心首疾。

四

焉得谖草？言树之背。愿言思伯，使我心痗。

“伯”字的解释各家不同，有的说是一州之长，有的说是表字，有的说是“伯仲”之“伯”，便是老大。反正是一个符号。“朅”与“桀”（傑）形容伯的英武。殳是兵器。

第二章的“岂无膏沐，谁适为容”，意思是，自从您从军后，我的妆台上难道没有油膏，可是我打扮给谁看？先秦时只有油膏，秦汉后才有脂粉。

唐代权德舆《玉台体》云：“昨夜裙带解，今朝蟢子飞。铅华不可弃，莫是藁砧（丈夫）归？”后两句是说，想到丈夫即将归来，那些化妆品还不能丢掉，可见丈夫不在时她是不施粉的。徐幹《室思》的“自君之出矣，明镜不暗治”，杜甫《新婚别》的“罗襦不复施，对君洗红妆”，用意都有相通地方。李白《春思》的“春风不相识，何事入罗帏”，那是连丈夫不在时，春风也不让它吹进帘帷了。

这些诗一方面表现了古代妇女对丈夫的忠诚，另一方面也说明当时妇女人格上尚非独立存在而只能处于依附地位，所谓“女为悦己者容”，也是同一道理。

第三章是比喻：一直盼望下雨，偏偏每天红日高照，即迫切盼丈夫归来而偏不来。由于一心相念，甚至想得头痛也甘心。

第四章谖草之“谖”为“忘”，后人因谖、萱同音，便称萱草为忘忧草。“背”的意义同“北”，意为世上哪有忘忧之草可以种在北堂，因而我也只好为相思而发了心病。

《王风》中有一首《君子于役》，也是思念出征的丈夫：

一

君子于役，不知其期。曷至哉？鸡栖于埘，日之夕矣，羊牛下来。君子于役，如之何勿思？

二

君子于役，不日不月。曷其有佸？鸡栖于桀，日之夕矣，牛羊下括。君子于役，苟无饥渴。

这个丈夫当是服役已经满期，却未及时回家，我们仔细体味一下，就会感到女主人（农妇？）已有怨意，只是不明显。

埘是鸡窠，桀是木桩，佸是相会，括是到来。由禽畜的毕至想到远人之未返，因其质朴，便觉自然。方玉润《诗经原始》说："傍晚怀人，真情真境，描写如画。晋唐人田家诸诗，恐无此真实自然。"末句"苟无饥渴"，是老实话也是真性情，使人如见其心：既然归期难料，唯有默祝他无饥无渴，无饥渴就能活下去。草野之妇对征人的最现实愿望，只能如此。

清许瑶光《再读诗经四十二首》第十四首云："鸡栖于桀下牛羊，饥渴萦怀对夕阳。已启唐人闺怨句，最难消遣是昏黄。"即以此诗为唐人闺怨诗之滥觞。我们只要翻一翻《唐诗三百首》，就可以找到不少闺怨诗，李白《子夜吴歌》的"何日平胡虏，良人罢远征"，尚是盼而未怨，《关山月》的"高楼当此夜，叹息未应闲"，已婉露怨意。沈佺期《杂诗》的"可怜闺里月，长在汉家营"，以闺阁望月而引起万里相思；陈陶《陇西行》的"可怜无定河边骨，犹是春闺梦里人"，以梦境而暗示存殁之分，梦中所见者实已是魂兮归来。金昌绪《春怨》的“啼时惊妾梦，不得到辽西”，则唯恐黄莺将她春梦惊醒，使她不能与丈夫相见。黄昏，月夜，本来最易触动人的情绪，皇甫冉《归渡洛水》的“暝色起春愁”，赵德麟《清平乐》的“断送一生憔悴，只消几个黄昏”，就是描写景对情的影响。对孑然寂居的闺妇，自然更容易撩起她的愁怀，于是只好期望在梦里补偿。古往今来，多少闺妇的黑夜是在这样那样的梦境中度过的。

王昌龄的《闺怨》，又是另一种类型：“闺中少妇不知愁，春日凝妆上翠楼。忽见陌头杨柳色，悔教夫婿觅封侯。”这个少妇本来倒还开朗，看到春光明媚，便想上楼梳妆，忽见陌头柳色，却又懊悔起来。题曰《闺怨》，既怨自己，又怨封侯之诱人。

方玉润《诗经原始》：“使非为王从征，胡以至是？后之帝王读是诗者，其亦以穷兵黩武为戒欤？”说得很对。

褒姒的神奇来历

古人诗文中常以“麦秀”、“黍离”表示亡国之痛，前者出于箕子的《麦秀》歌，后者出于《王风·黍离》：

> 彼黍离离，彼稷之苗。行迈靡靡，中心摇摇。知我者，谓我心忧；不知我者，谓我何求。悠悠苍天，此何人哉？

“王风”指东周王国境内的作品，疆土在今河南北部。全诗共三章，只有六个字不同，故只录第一章。“离离”是茂盛貌，白居易的“离离原上草，一岁一枯荣”，就是用这一出处。

这首诗的历史背景是这样的：周幽王被杀后，他的儿子平王，东迁雒邑（今河南洛阳），东周自此开始。后来有王朝的大夫来到故都镐京（今陕西西安西南），看到宗庙宫殿都已毁坏，长满庄稼，便作此诗，如同南宋人见了北宋都城汴京的残破一样。

幽王为什么亡国？传统的说法是宠爱了褒姒，褒姒的来历却很神奇，就像《封神演义》中狐狸所化的妲己。

据说夏代衰败时，有两条神龙停留在宫庭中，说：“我是褒国的两个君主。”夏帝卜问后，便将龙漦藏在匣中[①]，龙漦是龙的精气唾沫。到了周厉王末年，打开匣子一看，唾沫便流在庭中。《国语·郑语》说厉王“使妇人不帏而噪（喧叫）之”，帏是裙的正幅，《史记》却作“使妇人裸而噪之”。这一来，龙漦忽地变成玄鼋，爬进了王府。后宫的“童妾”接触过它的，长大后居然生下一个女孩，因为害怕，便将她丢在野外。到周宣王时，有一对将被捉而逃脱的夫妇，途中听到女孩在夜间哀哭，就将她收抱着，逃亡到褒国。后来褒国得罪了周朝，便把这女孩子献上赎罪，不久受到幽王的宠爱，生下儿子伯服，还将申后及其太子废掉。

褒姒不爱笑，幽王偏要她笑，她越是不笑，幽王便燃起报警的烽火，诸侯急忙赶来，却不见有什么祸乱，这样才使褒姒

---

① 骆宾王《代李敬业传檄天下文》中“龙漦帝后，识夏庭之遽衰”，即用此典喻武则天之乱唐室。

大笑，幽王大为高兴。接着，申后之父申侯联合犬戎攻打幽王，幽王点起烽火，诸侯不再前来，幽王终于被杀，褒姒也被掳去。

前人以夏亡于妺喜，商亡于妲己，西周亡于褒姒，《国语·晋语》中晋大夫史苏，便将这三人并喻为女祸，可见先秦时已这样分派了。《小雅·正月》说："赫赫宗周，褒姒威（灭）之。"也是《诗经》中说的。

刘向《列女传》又记载这三个女人的发笑：妺喜见了三千人因沉醉溺死于酒池中而笑，妲己见了罪人堕于炮烙的炭火中而笑，褒姒因见了诸侯受骗而笑，真是笑里藏刀了。

皇甫谧《帝王世纪》说："妺喜好闻裂缯之声而笑，桀为发缯裂之，以顺适其意。"裂缯之声就是丝织物被撕开时的声音，这有什么好笑呢？恐怕也是一种变态心理。这种声音，听起来其实怪难受的，白居易《琵琶行》的"四弦一声如裂帛"，便是形容声音的凄厉。

李商隐《僧院牡丹》的"倾城惟待笑，要裂几多缯"即用妺喜笑裂帛典故。钱钟书《管锥编》第一册，记"海涅喻勃伦太诺（Brentano）诗境，谓有中国公主，具奇癖，以撕裂缯帛为至乐，正指褒姒或妺喜"，那么，这个故事已流传到国外了。

这些故事的情节当然不很可信，周幽王这些人的荒淫却是事实。刘向原是以儒家的正统观点来阐释教义，我们用文学的眼光看，倒可当做古小说欣赏，就像看《东周列国志》、《封神演义》一样。《诗经》的《黍离》虽不曾说到褒姒，但西周的覆灭总要想到她。

伤心岂独息夫人

一

大车槛槛，毳衣如菼。岂不尔思？畏子不敢。

二

大车哼哼，毳衣如璊。岂不尔思？畏子不奔。

三

穀则异室，死则同穴。谓予不信，有如皦日。

大车指牛拉之车，毳衣是细毛织的上衣。菼是初生的芦荻，璊是红色。穀是活着的意思。

这首诗，前人大多以为与私奔有关，主角是女子，看看最后两句，态度何等坚决：你如果不相信，天上的白日可以为我作证。

但也有说是春秋时息夫人的绝命词，这并不可信，却也可顺道说说她的故事。

息是一个小国，在今河南息县东，息夫人姓妫。据刘向《列女传》说，楚文王灭息国后，将息君罚作守门人，还想占有息夫人，因而收进宫中。有一次，楚王出游，夫人出而向息君说："人生要一死而已，何至自苦？妾无须臾而忘君也，终不以身更贰醮。生离于地上，岂如死归于地下哉？"于是作了这首诗。息君劝阻她，她不听，息君也继其妻而自杀。

可是《左传》庄公十年，却有这样一段记载：蔡哀侯和息侯是连襟，息妫（息夫人）路过蔡国，蔡侯见了息妫不很尊敬，息君知道后恼火了，就对楚文王说："你假意来攻我们息国，我去向蔡国求救，然后楚国再去攻蔡。"楚王依从了他，结果将蔡军打败于莘地。

过了四年，蔡侯因衔恨息君，便向楚王称赞息妫长得漂亮，楚王就伪具酒食入享息国而灭之，带息妫至楚，生下堵敖和成王，却是"未言"。注云："未与王言。"楚王问她为什么不说话。她说："吾一妇人而事二夫，纵弗能死，其又奚言？"楚王明白息国之亡，全因蔡侯搬弄，又去伐蔡，以此平息妫之气。

左丘明的时代早于刘向，这一故事的发展过程又很有传奇意味，魏源的《诗古微》却不相信左氏，以为诗中的“尔”指蔡君，“子”指楚王，因而“岂不尔思，畏子不敢”两句，就得这样解释：“难道为了怕楚王，我就不敢想念你吗？”未免太牵强了。他又以为楚灭息、楚为息妫不言而伐蔡，既同在庄公十四年，息妫怎么能在一年中生下两个儿子？这也把《左传》的记事看得太死。《左传》其实在追溯：息妫之进楚宫，应是在庄公十二三年间，到了十四年，楚王听了她的对答后，便兴兵伐蔡，但息妫不甘心“事二夫”也是事实。

《吕氏春秋·长攻》则说楚王原想取息与蔡，因而假意和蔡侯友好，并问他说：“我想得到息国，你有什么办法？”蔡侯说：“息夫人是我妻的姊妹，我假意在息国宴会息侯夫妇，你也同来，趁他不备去袭击。”楚王照计而行，遂取息，后又取蔡（按：蔡这次未亡）。但未说到息夫人被掳事。蔡侯的为人实在很恶劣，但在春秋时却不罕见。

还有一个疑点：息妫既然生下两个儿子，为什么“未言”？周寿昌《思益堂日札》卷一，以为指不再言被蔡构害之事，因为言之无益，不如无言。他又举《左传》僖公十三年之例：齐仲孙湫聘周时，“且言王子带，事毕，不与王言”，注云：“不言王子带。”这解释也并不圆满：如果未言只指过去亡国之事，原人之常情，楚王不至于为她去打蔡国，而且“吾一妇人而事二夫”这三句话，也不像是只对被蔡构害一事不说，而是根本不想说话。沈玉成的《左传译文》译成“没有主动说过话”，较为合理，想来是平日很沉默，因为心中郁闷。

后世对息夫人又有桃花夫人之称，《东周列国志》说是因“脸似桃花”缘故，湖北大别山桃花洞还有息夫人之庙，初唐宋之问《题桃花洞息夫人庙诗》云：“可怜楚破息，肠断息夫人。仍为泉下骨，不作楚王嫔。楚王宠莫盛，息君情更亲。情亲怨生别，一朝俱杀身。”还是看做《列女传》中人物。晚唐杜牧的《题桃花夫人庙》是著名的一首：“细腰宫里露桃新，脉脉无言几度春。至竟息亡缘底事，可怜金谷坠楼人。”这是惋惜息夫人不能效石崇的绿珠堕楼以殉。清初邓汉仪《题息夫人庙》云：“楚宫慵扫黛眉新，只自无言对暮春。千古艰难唯一死，伤心岂独息夫人。”这是借此慨叹明清之际的失节臣士，恐也有自嘲意。邓氏有《慎墨堂集》，清代列入《禁书总目》。

破落户与流浪汉

周平王东迁洛阳以后，处境已非在镐京时可比。从前属于京畿的土地不下千里，沿郑州到宝鸡，都是黄河渭河两岸，这时潼关以西，丧乱之后，遍地疮痍，关中盆地的粮食就不易收取，如同富户大家，面临破落局面。平王曾向鲁国求赙求车求金，鲁其实也是二等国。赙是以财物助丧事，现在由周王自己求助，可见那时王室办丧事也很拮据。王室如此，其他人物自然更加狼狈，我们先来看看《王风・兔爰》：

有兔爰爰，雉离于罗。我生之初尚无为，我生之后逢此百罹。尚寐无吪。

（二、三章略）

兔生长于地上，雉高飞于天空。这时兔悠闲得步履徐缓，优游轻松，雉却有翅难飞，中了陷阱，落入罗网，因而不胜感慨：我刚出世时，原是无所作为，却很逍遥自在，到了现在，所有的苦楚都曾遭受过。到了这地步，还是纳头睡去，不要醒来吧。

从这种尖锐的今昔对比上，反映了雉兔之间的激烈分化，也必然产生厌世心理。前人所谓“王纲解体”，就包含这种分化的过程。

再举一首《秦风·权舆》：

一

於我乎夏屋渠渠。今也每食无余。于（吁）嗟乎不乘权舆！

二

於我乎每食四簋。今也每食不饱。于嗟乎不乘权舆！

夏屋指大房子，权舆是“当初”的意思。这首诗也反映没落心理：过去住的是宽敞的大房子，每餐有四大盆菜，所以总有多余的饭菜，现在已经没什么剩余的了，有时连饭也吃不饱。思前想后，不禁连声叹气：唉！再不要提起当初的事情了。

随着分化现象的纷起，破落户之歌，也传播于中原地区，《陈风》中有一首《衡门》：

一

衡门之下，可以栖迟。泌之洋洋，可以乐饥。

二

岂其食鱼，必河之鲂？岂其取妻，必齐之姜？

三

岂其食鱼，必河之鲤？岂其取妻，必宋之子？

泌是流水，只能解渴，不能疗饥。《正义》说："饥水可以疗渴耳，饥久则为渴，得水则亦小疗。"说得很对，正是饥者易为食之意。

这首诗，前人大多以为咏贫士不受富贵的诱惑，自安于穷困，即是不甘同流合污的隐士。郭沫若《中国古代社会研究》，以为这是"一位饿饭的破落贵族作的"。他本来是吃黄河的鲂鱼鲤鱼，有娶齐国宋国的姓姜姓子的女儿资格，后来吃不起娶不起了，“偏偏要说两句漂亮话，这正是破落贵族的根性，我们现在也随时可见”。说得倒也新鲜别致。

不但破落户多了，还有了流浪汉。《王风·葛藟》：

一

绵绵葛藟，在河之浒。终远兄弟，谓他人父；谓他人父，亦莫我顾。

二

绵绵葛藟，在河之涘。终远兄弟，谓他人母；谓他人母，亦莫我有。

他看到长在河边的绵延不绝的葛藤，想起远在天涯的兄弟，为了求助，只好叫别人的父亲为父亲，别人的母亲为母亲，他们却不理睬。

又如《唐风·杕杜》：

有杕之杜，其叶湑湑。独行踽踽，岂无他人？不如我同父。嗟行之人，胡不比焉？人无兄弟，胡不佽（帮助）焉？

“杕”是树木孤立貌，“杜”是野梨，“湑湑”指枝叶茂盛。这是比喻自己本来亲人众多，这时却只身落魄异乡，虽然沿途碰到的不是骨肉至亲，但他还希望别人能接近他，给他帮助，结果却落得失望，两句“胡不”，便是在哀叹为什么不接近我，为什么不帮助我？

《王风》和《唐风》都是中原地带的作品，两首诗的主人不一定全是贵族，但也反映这时社会的衰败。诗中虽然殷殷以父母兄弟为念，实际上这种血缘的宗族关系正在日渐削弱，《葛藟》中的流浪汉，甚至把别人的父亲也叫做父亲，别人听到后，也不会由此而起恻隐之心。

仲子要跳墙

所谓“郑卫之音”，本指音乐，即新兴的俗乐，但因孔子厌恶“郑声淫”，后来便把“郑卫之音”说成淫诗的代表，其实孔子厌恶的是郑国的音乐。

当时正宗的雅乐（旧乐），乐曲很单调质直又很迟缓，不容易引起人的兴趣，因为只有这种音乐，大家也只好听着。

孔子为什么厌恶郑声？从《论语·阳货》中可略知一二：“恶郑声之乱雅乐也，恶利口之覆邦家者。”能使国家颠覆的利口，必然有他花言巧语、听起来很悦耳的本领，那么，郑声也必具有轻巧复杂的长处，否则怎能乱雅乐？雅乐流传既久，日久生厌，新乐接踵而起，必须要以出奇制胜的技术吸引人们。所以，所谓郑声，其实倒是音乐界的进步现象。但《诗经》里的《郑风》，歌咏男女欢爱的情诗较多也是事实，数量超过《卫风》，《卫风》中的真正情诗并不多。用今天的文学眼光看，《郑风》中的那些“淫诗”，却是《国风》中的白眉，有几篇写得很泼辣细腻，《将仲子》就是一首名作：

一

将仲子兮，无逾我里，无折我树杞。岂敢爱之，畏我父母。仲可怀也，父母之言，亦可畏也。

二

将仲子兮，无逾我墙，无折我树桑。岂敢爱之，畏我诸兄。仲可怀也，诸兄之言，亦可畏也。

三

将仲子兮，无逾我园，无折我树檀。岂敢爱之，畏人之多言。仲可怀也，人之多言，亦可畏也。

这首诗，王柏《诗疑》说：“此乃淫奔改行之诗。”方玉润《诗经原始》说：“惟能以理制其心，斯能以礼慎其守。……则欲念顿消，而天理自在，是善于守身法也。”也便是“改行”了。但女主人的“欲念”究竟有没有“顿消”呢？恐怕更加旺盛。

“仲子”等于今语的二阿哥，“将”是“请”，“里”是外墙，即由外墙到后园。从首两句看，她是拒绝他跳墙，从第三句看，似乎又默许他跳墙，只是一再叮嘱，不要将树木折坏，折坏了，给她家里人看见，就会识破，遭到责骂，不但爷娘如此，还有兄长和邻居。三章中都有一个畏字，一个怀字。父母给予她的是畏，仲子给予她的是怀，可见并不是以礼自守。她怎么会想到仲子跳墙？足见两人的热恋程度。最后究竟哪一种力量战胜呢？读者不妨思索一下。这种在两种力量之间激烈地矛盾着的女子，又岂止两千余年前的姑娘？

古人娶妻，都由丈夫亲迎新娘入室，这样才合乎“六礼”。《孟子·告子》篇记任国有人问屋庐子：“亲迎则不得妻，不亲迎则得妻，必亲迎乎？”屋庐子不能回答，便告孟子，孟子就举个例子：如果有人“逾东家墙，而搂其处子，则得妻，不搂则不得妻，则将搂之乎”？孟子之意，当然是说不应逾墙，却也为这首诗作了注脚：仲子因为不能亲迎，只得逾墙。为什么不能亲迎？我们无法确说，可能因为男女一方中的家长不同意。

宋玉的《登徒子好色赋》，还说登徒子的邻家有一个美女，居然登墙窥登徒子有三年之久，登徒子却不动心；如果动心，女的也会逾墙私奔。这虽然是虚构的寓言，也说明现实生活中有跳墙风气。《西厢记》中的张生，正是按照孟子说的那个故事做去，却不理会孟子的说教，结果成功了。

打猎与钓鱼

郑庄公有个胞弟名段，也称叔段。长得英俊骄悍，多力善射，就像后世的纨绔子弟。《郑风·叔于田》，就是描写他打猎的诗：

一

叔于田，巷无居人。岂无居人？不如叔也，洵美且仁。

二

叔于狩，巷无饮酒。岂无饮酒？不如叔也，洵美且好。

（三章略）

还有一首《大叔于田》：

一

叔于田，乘乘马[1]。执辔如组，两骖如舞。叔在薮，火烈具举。襢裼暴虎，献于公所。将叔无狃，戒其伤女（汝）。

二

叔于田，乘乘黄。两服上襄，两骖雁行。叔在薮，火烈具扬。叔善射忌[2]，又良御忌。抑磬控忌，抑纵送忌。

三

叔于田，乘乘鸨。两服齐首，两骖如手。叔在薮，火烈具阜。叔马慢忌，叔发罕忌。抑释掤忌，抑鬯弓忌。

这两首诗的主题类似，后一篇加一“大”（太）字，可能是编诗的人使两诗有所区别。诗的内容都在赞扬叔段打猎时的气概。前者虚写，实写其私游，后篇实写，则写其出猎，而景

① 乘乘马，前一个乘字指驾驭，后一个乘字指四匹马的车。
② 忌，语助词。

物毕现，气氛浓密。

二少爷驾着四匹马的车子去打猎，缰绳挥动时像在织布，两旁的马跳得如同起舞。湖边的草地上生起了猎火。凭着他的力气，赤膊空拳捉住了老虎，献到国君那里，国君好心儆戒他：不要常常这样逞强，当心老虎伤坏你。

二三两章点明马的毛色：黄的和花的。正中央的马并头领前直奔，两旁的马也像飞雁成行，双手齐举。猎火烧得更旺了，二少爷果真是骑射的高手，忽而勒马暂驻，忽而拍马驰奔，忽而徐徐而行。手中的箭渐渐稀少了，便揭开箭筒的盖子，将弓装进弓袋里（打算回去了）。

可是叔段的打猎却不光是游娱，还有他另一种用意。

郑庄公出生得很奇特，是脚先头后的，他的母亲姜氏因此受了惊惧，后来便讨厌他，喜欢小儿子叔段，要她丈夫武公立叔段为太子，武公不答应。庄公即位，姜氏要求将制邑（今河南汜水县西）作为叔段封邑。庄公说："制邑地势很险，虢叔死在那里，其他地方唯命是从。"制邑其实并不险，虢叔死在那里更不成理由，就是不肯给叔段，后来便让叔段住在京城（地名，在河南荥阳东）。大夫祭仲曾谏阻过："京城是大城，和都城荥阳一样重要，怎么能给他？"庄公说："姜氏要给他，怎能躲避祸难？"对大臣直称其母为姜氏，他对姜氏的感情可以想见。祭仲又说了些蔓草难图的话，要他正视后果。庄公说："多行不义必自毙，您且等着吧。"不久，叔段命令西部北部边境都听命于他。公子吕便向庄公苦谏，甚至说了这样的话："主上真的要把君位让给太叔，下臣就去侍奉他，否则，就请您除掉。"庄公说："用不着，他会自取灭亡的。"叔段更无忌惮，又扩占了几处地方，公子吕再次进言，庄公仍叫他忍耐着。

叔段于是整治城郭，积粮练兵，准备袭击都城，姜氏还打算做内应。庄公听到叔段起兵日期，说："可矣！"最后就将叔段赶到鄢城（今河南鄢陵），将他消灭。

这个故事见于《左传》第一篇，《古文观止》也曾收入。

庄公的阴鸷辣手，处心积虑必欲置其弟于死地，叔段的年轻骄狂，轻举妄动，勇而无谋，姜氏的因溺爱而昏昧，终于酿成了骨肉相残的悲剧。吕祖谦《东莱博议》说："钓者负鱼，鱼何负于钓？猎者负兽，兽何负于猎？庄公负叔段，叔段何负于庄公？"说叔段何负于庄公，也不公平，叔段并非没有野心。我们只能说，从叔段迁居京城后，庄公确是用钓鱼的手段诱他上钩，却不等于叔段本人没有责任。

从诗中"献于公所"三句看，似乎叔段到京城不久。田猎的另一作用是习武，叔段的习武，自与他的野心有关。诗中明写叔段出猎时的威武勇猛，有人比之为武松打虎，暗中却在讽刺庄公纵弟恃勇，使其自溺于骄狂得意，还故作姿态，叮嘱叔段不要被虎伤害。正可与《左传》所记庄公的权谋合观，庄公实在是古代最能善用权谋的一个军阀。

叔段打猎，庄公钓鱼，猎仗武力，钓须心力。前者阳刚，后者阴柔，前者狂而后者诡，两相对比，叔段必败。

执袂与褰裳

宋玉的《登徒子好色赋》中，曾经记秦章华大夫向楚王说过一个故事：他年轻远游时，曾漫步于郑卫的溱洧两水（皆在今河南境）之间。这时正值春意阑珊，初夏将至，群莺乱飞，鸣声悦耳。一些少女都出来采桑，她们长得体美容冶，用不着妆饰，就显得风姿绰约，他便念诗道："遵大路兮揽子祛，赠以芳华辞甚妙。"忽然间，这些少女好像有望而不来，又像有来而不见，"意密体疏（距离很远），俯仰异观，含喜微笑，窃视流眄"。因为可望而不可即，使他有"赠我如此不如无生"之憾，而最后还是以礼义自制。

宋玉写的是寓言，却也有出处，便是《郑风·遵大路》：

一

遵大路兮，掺执子之祛兮。无我恶兮，不寁故也。

二

遵大路兮，掺执子之手兮。无我魗（醜）兮，不寁好也。

这首诗，前人也有以为写君臣疏离关系，也有以为老朋友在路旁倾诉旧谊，说得较有见识的是朱熹《诗集传》："淫妇为人所弃，故于其去也，揽其袪而留之曰：子无恶我而不留，故旧不可遽绝也。宋玉赋有'遵大路兮揽子袪'之句，亦男女相悦之词也。"朱熹是道学大家，对《诗经》中的部分作品，却有"返祖"之功，如认为《国风》即民歌，其中颇多"田夫闺妇"之作；也因为他是道学家，总要加上淫诗、淫妇的贬辞，就是要把诲淫的罪孽推到匹夫匹妇身上。对于现代的读者，这倒并不重要，重要的却是把作品的真实面目点明。但他说是"淫妇为人所弃"，情理上未免说不通：既然被人所弃，对方还能让她在大路上拉住衣袖苦苦哀求吗？当然，一定要自圆其说也可以：被人遗弃了，却还要哀求，也说得上是"贱人"了。宋玉是先秦人，他赋中以《遵大路》为粉本敷演成为一个美妙故事，朱熹又以此作为男女相悦之词的佐证，这是朱熹高明的地方。

回头再说这首《遵大路》。上面已将诗意说了个分晓，这里只消将三个字解释一下：“掺执”是拉住的意思，“寁”是急速、接近，“故”指旧情或旧人。这样，全诗的内容便完全明白了。

这首诗中的主人是男还是女？尚无定论，但也尚非重要，反正反映了这样一种现实：在那个时代，女的（或男的）可以在大街上拉住对方的衣袖，悄悄地说着情意缠绵的话语：你可不能厌恶我，不再和我这个旧情人接近了。这与在今天大城市中见到的少男少女的密语有什么两样呢？只是说的话也许没有诗中人那样直率质朴。如果说，两千余年前人还不能用现代人的语言方式来表达她的内涵感情，那么，却已有表现在行为上的勇气了。

《郑风》中还有一首《褰裳》：

子惠思我，褰裳涉溱。子不我思，岂无他人？狂童之狂也且。

（次章略）

前一首写大街上拉住袖子，这一首写撩起裙子渡过溱河。裳即裙子，古代男子也穿裙，因为不使裤子外露，所以用裙遮盖。末句是打情骂俏的话，狂童就是傻小子的意思。“也且”是语气词，犹言“也哉”。

这首诗前人也有附会之说，仍是朱熹说得对：“淫女语其所私者曰，子惠然而思我，则将褰裳涉溱以从子。子不我思，则岂无他人之可从，而必于子哉？狂童之狂也且，亦谑之之词。”其实也只是说些实话，却偏要加上“淫女”的恶名，那也是道学家的习气。不过，他不把人家说成“淫女”，就很难说出实话，我们还应当谅解。“褰裳涉溱”一语，毛奇龄《毛诗写官记》以为是女子故作激诱之词：“女子曰：子惠思我，子当褰裳来。嗜山不顾高，嗜桃不顾毛也。”说得很有风趣，上下文也显得通畅了：你如果喜欢我，就得涉溱而来；如果不来，难道没有人会渡过溱河吗？你这不明白的冤家呀！

两首诗中，都透露出女主人对爱情的不稳定之感，反过来正是要求爱情的专一。像这样的作品，正是古代俗文学中的天然小品，随口唱来，不假雕琢，它的源流，下启六朝乐府，明清俗曲，它们的作者，大都是无名的，也因为这样，有的表现得十分奔放大胆。我们试从冯梦龙《山歌》中的《旧人》来看：

情郎一去两三春，昨日书来约道今日上我个门，将刀劈破陈桃核，霎时间要见旧时仁。

这种气息情调，不是和上述两首诗惟妙惟肖吗？冯梦龙在《叙山歌》中说："今所盛行者，皆私情谱耳（指山歌）。虽然，桑间濮上，国风刺之，尼父录焉。以是为情真而不可废也。山歌虽俚甚矣，独非郑卫之遗欤？且今虽季世，而但有假诗文，无假山歌。则以山歌不与诗文争名，故不屑假；苟其不屑假，而吾藉以存真，不亦可乎？"这段话说得很警辟，袁宏道《锦帆集·小修诗序》中，也以《擘破玉》、《打竹竿》之类，"犹是无闻无识真人所作，故多真声"，都说明他们对俗文学的态度，正用得上"认真"两字，也反映了晚明以来文艺思想的重大转变，尽管当时正统派仍是占统治地位，但异端势力也在逐渐抬头了。

诗文贵真忌假，历来都是这样说，做到的却不多。我们很难希望天地间无假诗文，希望假的少些，真的多些。十中有六七分的真情实意，也就不愧对文房四宝了。

有女同车

从前面的《遵大路》上，又使我们联想到交通工具的车辆，因为道路的宽广畅通，原是为了适应车马的驰行。早期的车，也叫做路，《荀子·哀公》的“端衣玄裳，絻而乘路”的“路”就是车，《左传》的“筚路蓝缕”的“筚路”即指柴车，后来才有了“辂”字，便特指帝王所乘之车，路也专指道路之路。

先秦时的车子，大多是驾两匹马，也有四匹的，俗语说的“一言既出，驷马难追”，便是形容四匹马的车子的速度。《召南·鹊巢》上说：“之子于归，百辆迎之。”百辆虽是夸张性的虚数，但足见车辆之繁多。这样浩大的车队，就必须有广阔平坦的道路。《小雅·大东》说“周道如砥，其直如矢”，意即大道平如磨石，直如飞箭。

当时路车的形状，在《小雅》等几篇作品中，可以略知概貌：车身朱色，旗帜精美，后有竹制的障蔽，车毂（贯车轴的横木）包以革皮，车辕前的木条画着图案，马胸悬以繁缨，辔上垂着革条，马口两旁系以鸾铃，奔驰时，旗帜飘扬，铃声鸣响，娱目悦耳，显得壮丽而有诗意。

最初的车子是谁创造的，今日已难确知，一说是夏代的奚仲，只能作为传说，《后汉书·舆服志》说是“上古圣人”见了转蓬而想到车轮，那倒是可信的。轮子必须圆形才能滚动，所以，第一个在脑子里产生圆形概念的人，确实称得上“圣人”，说明这个人已有高度的抽象能力。《庄子·天道》篇，记一个七十岁的斲轮老手轮扁，自述斲轮之术，必须不徐不疾，得心应手，因为“徐则甘（松滑）而不固，疾则苦（艰涩）而不入”。这是指斲轮孔，也是从长期实践中获得的经验之谈。

由轮再造舆（车厢），便成为完整的车。最初的车，只能站而不能坐，因为古人席地而坐，尚无凳椅，只可倚靠，妇女因体质较弱而不站。这种车用一匹马拉的，上有容盖，叫做安车。但《郑风》中有一首《有女同车》：

一

有女同车，颜如舜华。将翱将翔，佩玉琼琚。彼美孟姜，洵美且都。

二

有女同行，颜如舜英。将翱将翔，佩玉将将（锵锵）。彼美孟姜，德音不忘。

那么，这是男女同乘一车了。这个女子是齐国人，姜家的长女。服饰华美，风度文雅，还有好名声，面容像木槿花那样鲜艳。男子是郑国人。“将翱将翔”，是说乘车漫游，倒像现代人坐着汽车兜风。这个女子当是大家闺秀，有人说这是男子婚前行亲迎之礼，未必可靠。大概由于男女同乘一车，有些看不惯，又觉得此诗不像在贬刺，不便说成淫奔，只好说是亲迎了。

再举一首《鄘风·干旄》：

一

孑孑干旄，在浚之郊。素丝纰之，良马四之。彼姝者子，何以畀之？

二

孑孑干，在浚之都。素丝组之，良马五之。彼姝者子，何以予之？

三

孑孑干旄，在浚之城。素丝祝之，良马六之。彼姝者子，何以告之？

这是写一个男子去看望他的情人，马前扯着旗杆，缰绳用白丝所做，可见也是上层人物。他在车中盘算着：用什么礼品赠送她？用什么话和她对语？

但诗中第一章说是在卫国浚邑城外，第二章说是在城中，第三章只说城，当然不是城门边或城上。这就很奇怪，这位女子总不会住在三个地方。还有马的数目也在增加：四之、五之、六之。五之指一车四马外再加上从人骑的一匹马，六之指再加上两个从人骑的马。即使说去探望她有三次，也不可能将从人数目一次比一次多，事实上当然是一次。

可是从诗歌角度看，并没有什么奇怪。这样写，手法上固然有了变化，显出层次，音韵上也协调了，因为按照古音，旄与郊，纰、四与畀，旟与都，组、五与予，旌与城，祝、六与告都可叶韵，这些诗都要上口唱的。同时，又反映了郑卫等地社交生活的自由，男女可以乘在同一车中“将翱将翔”，或者乘四马之车，带着侍从去访问女子。

这些还是不知名的人物，据《史记·孔子世家》，卫灵公和夫人南子同车外出时，孔子还坐着第二辆车子，“招摇市过之”。据徐广注解：“招摇，翱翔也。”则《有女同车》中的“将翱将翔”，便是招摇过市了。

因为车轮是木质的，所以声音就很响，李商隐的《无题》便说“车走雷声语未通”。这种妇女所乘的车，大概便是油壁车。由牛牵拉，温庭筠《春晓曲》所谓“油壁车轻金犊肥”。用途恐只是代步，速度未必胜过步行。六朝时名妓苏小小就坐过油壁车，《钱唐苏小歌》说“妾乘油壁车，郎骑青骢马”，车以人传，后人一谈到油壁车，便会引起“绮情”之感。现代三轮车上的车篷，其实便是油壁的后身。

双洧河边赠芍药

东周时的濮水约在今河南延津、滑县境内，附近还有一个桑间，常有男女去游乐，后来便以桑间濮上称作幽会场所的代名。桑间原是地名，但《鄘风·桑中》说“期我乎桑中，要我乎上宫”（指楼），似濮水的桑间本因多桑而得名。流水萦回，绿叶成荫，恰好成为男女相会的隐蔽之处。

另外还有溱洧二水。溱水源出河南密县，东南至新郑县跟洧水合为双洧河。《郑风·溱洧》中这样描写着：

一

溱与洧，方涣涣兮。士与女，方秉蕳兮。女曰“观乎”？士曰“既且”。“且往观乎！洧之外，洵訏且乐。”维士与女，伊其相谑，赠之以勺药。

二

溱与洧，浏其清矣。士与女，殷其盈矣。（下略）

这不但是一首情歌，也是风俗史上的资料。

郑国风俗，每逢春季的一个节日，便在溱洧二河边上，举行盛大集会。这时春光明媚，日暖风和，水广土润，草长花肥，男男女女，手持兰草，不期而遇。

这个节日，前人以为即上巳节。汉代以前，上巳节只取巳日，不一定限于三月初三，曹魏以后，则在三月三日，已与“巳”无关，元代白朴《墙头马上》杂剧有“今日乃三月初八日，上巳节令”，说明当时仍有用巳日的。

诗中自“女曰‘观乎’”至“洵訏且乐”为两人的对话，其余为诗人的记述。张尔岐《蒿庵闲话》云：“盖诗人一面叙述，一面点缀，大类后世弦索曲子，三百篇中叙情错杂成文，如此类者甚多。《溱洧》、《齐·鸡鸣》，皆是也。说家泥朱《传》淫奔者自叙之词，不知女曰士曰等字如何安排？”这当然说得也对。但朱熹的“此诗淫奔者自叙之词”，只是笼统的说法，修辞上不够精密，意思尚无多大矛盾。他还有这样的话：“卫犹为男悦女之词，而郑皆为女惑男之语。”如果撇开道学的偏见，他的话不是没有道理：这首诗确是女方主动地怂恿着男方；只是在他看来，又成为“淫女”了。其次，“伊其相谑”句，《郑笺》说：“因相与戏谑，行夫妇之事。”焦循《毛诗补疏》说：“谑岂必是行夫妇之事？郑之解经，每为此污亵之语 ，毛无是也。”实则《郑笺》也不算错，只是说得太简单了。意思是说，双方既然到了调笑的程度，接下来就可结为夫妻，也即有情人终成眷属之意。

男的原已在溱洧之间游览过了，女的还要他再去：你还没到过洧河的边头呢！那里的水真大真清真叫人高兴呀！这便是朱老夫子所谓“女惑男”。男的答应了她，只见男女在相互调笑，还摘下芍药相赠。

古代男女的接触不像现在这样方便，节日的游赏便成为一种机会。这些节日中，又有祭祀活动，祭祀必有音乐歌舞，歌舞的大多是青年男女，白发苍苍的老翁老妪自无能为力。这些男女，都在青春时期，在热情奔放的载歌载舞中，情焰便由此而燃烧。这首诗中的男女，本来是相熟的，还有一些却是邂逅相逢，歌舞却为他们起了媒妁作用，不，应当说比媒人中用得多，双方的状貌、体格和性情，都可以直接观察了解。也因为这只是双方个人的接触，并不等于父母已经同意，其中必有一些被父母所反对，因而被迫成为私奔的“淫女”。也有一些只是出于青年人一时的冲动，后来却被遗弃了，所以便产生了许多咏弃妇的诗篇。

诗的末句说“赠之以勺（芍）药”，因为是离别时所赠，所以芍药也叫“可离”。古诗中的“药”字，有的也即芍药的简称。早期的芍药，也包括牡丹，而无独立的牡丹之名，宋初编修的《艺文类聚》，只收芍药未收牡丹。芍药比牡丹狭长，子比牡丹子小[①]。到了唐代，由于豪门显宦的趋赏牡丹，遂使芍药成为落谱衰宗。《红楼梦》中《憨湘云醉眠芍药裀》一段，却是写得富于诗意。

佛教以情欲为害之烈，如河水之可以溺人，因有“爱河”之称，《楞严经》便说：“爱河干枯，令汝解脱。”又说：“因诸爱染，发起妄情，情积不休，能生爱水。”后来数典忘祖，便正面地把爱河与情波看做同义语，则濮水溱洧，也不妨当做先秦的爱河看。杜甫名篇《丽人行》的“三月三日天气新，长安水边多丽人”，也是写上巳日曲江畔的游赏，末段“杨花雪落覆白蘋，青鸟飞去衔红巾”，则写杨国忠和虢国夫人故事，似可作为《郑风·溱洧》的变格，那倒真是淫风了。

---

① 据枕书《博物识小》：牡丹与芍药都是毛茛科植物，主要区别：牡丹是灌木，芍药是草本。欧洲植物学家将牡丹分为两大类，一类是草本（可能便是芍药），产于瑞士及亚洲部分地区。另一类称为Moutan，是木本，起源于中国及日本。

司晨君之恨

《韩诗外传》说，鸡有五德，守夜不失时为其一德。《郑风》中有一首《女曰鸡鸣》：

一

女曰鸡鸣，士曰昧旦。子兴视夜，明星有烂。将翱将翔，弋凫与雁。

二

弋言加之，与子宜之。宜言饮酒，与子偕老。琴瑟在御，莫不静好。

（三章略）

这首诗并非“桑间濮上”的恋歌，而是夫妇在破晓时的对话，但哪些是妻子说的，哪些是丈夫说的？

一种说法是：妻子说："鸡叫了。"丈夫说："天还没有亮透。"妻子说："你起来看看夜色吧，启明星正在发光。"启明星即金星，因先日而出，故名。女的便提醒丈夫可以出去捕射禽鸟，然后烧成佳肴，给他下酒，过着白头到老的美满生活。

另一种是丈夫说："天还没有亮透，不信，你倒起来看看，星光还很明亮。"妻子还是催他起来。第二章前四句也是妻子的话，"琴瑟"两句，则是诗人形容闺房之乐。

《齐风》中有一首类似的《鸡鸣》：

一

鸡既鸣矣，朝既盈矣。匪（非）鸡则鸣，苍蝇之声。

二

东方明矣，朝既昌矣。匪东方则明，月出之光。

三

虫飞薨薨，甘与子同梦。会且归矣，无庶[1]予子憎。

---

① "无庶"，一说是"庶无"的倒文。

前人以诗中有朝会之词，便以为是贤妃催劝国君去赴早朝，这里姑且看做是臣子家的夫妇。

妻子听到鸡声，便催丈夫起身："上朝的人都满了。"丈夫说："这不是鸡声，是苍蝇在叫呀！"过了一会儿，妻子又说："东方发光了，上朝的人更多了。"丈夫说："这不是日光，是月光。"妻子说："连虫子都在飞鸣了。我原想和你一同回到梦境，但愿人家不要责怪我和你。"其实是怕人家单独责怪她。或以上两句属丈夫，下两句属妻子，亦通。

三章诗层次分明。初听鸡鸣，其实时间尚早，唯恐丈夫迟到，只得以早为迟。第二章见朝日初升，又来催他。第三章却是真的怕他迟到了。丈夫说的蝇声是假的，妻子说的虫飞是实的。《毛传》说："苍蝇之声，有似远鸡之鸣。"钱鐘书《管锥编》云："此等处加注，直是无聊多事。"说得很对。丈夫怎么会把鸡声和蝇声分不清呢。有人以为蝇乃（蛙）之误，更是大杀风景。

这两首中的"憎鸡叫旦"，都是属于男子的。《管锥编》又举六朝乐府的《乌夜啼》："可怜乌臼鸟，强言知天曙。无故三更啼，欢子（情人）冒暗去。"乌臼鸟亦名鸦舅，天明时比鸡还先叫，吴融《富春》诗"五更鸦舅最先啼”，难怪要讨厌它了。还有一首《读曲歌》：“打杀长鸣鸡，弹去乌臼鸟。愿得连暝不复曙，一年都一晓。”古人也有特地求觅长鸣鸡的，这样更易于叫醒熟睡的人，诗中人则因乐极而生悲，故迁怨于鸡之长鸣，乌之早啼。

徐陵《乌栖曲》“绣帐罗帏隐灯烛，一夜千年犹不足。惟憎无赖汝南鸡，天河未落犹争啼”，李廓《鸡鸣曲》的“长恨鸡鸣别时苦，不遣鸡栖近窗户”，对鸡之憎正由于对人之爱，这是一种变态心理，其中却含常态。善于在变态中表现常态，应是诗人创作能力之一长。

温庭筠《赠知音》：“翠羽花冠碧树鸡，未明先向短墙啼。窗间谢女青蛾敛，门外萧郎白马嘶。”他另有《菩萨蛮》之六：“玉楼明月长相忆。柳丝袅娜春无力。门外草萋萋，送君闻马嘶。画罗金翡翠。香烛销成泪。花落子规啼。绿窗残梦迷。”我们姑且郢书燕说，将两者连贯起来。前者咏双眉紧蹙，依依惜别时的缠绵之情，后者为人去之后，红烛将销，鸡声已歇，马蹄渐远，子规却随落花而啼叫，怅惘之余，只得恹恹地倚枕寻梦。李商隐《无题》的“刘郎已恨蓬山远，更隔蓬山一万重”和“斑骓只系垂杨岸，何处西南待好风”，也是这种境界之翻覆。刘国容《与郭昭述书》中“欢寝方浓，恨鸡声之断爱，恩怜未洽，叹马足以无情”，正可与温诗互通消息。

冯梦龙《山歌》卷二《五更头》，又别有一种风情：“姐听情歌郎正在床上哼喽喽，忽然鸡叫咦是五更头。世上官员只有钦天监第一无见识，你做闰年闰月郲（那）了正弗闰子介个五更头。”这是因鸡叫而怪钦天监无见识，不懂得“春宵一刻值千金”。到了晚清，新派诗人黄遵宪也有《山歌》之作：“催人出门鸡乱啼，送人离别水东西。挽水西流想无法，从今不养五更鸡。”他的题记说：“十五国风妙绝古今，正以妇人女子矢口而成，使学士大夫操笔为之，反不能尔。以人籁易为，天籁难学也。”他这话又说明女性与文学的密切关系。

上述《诗经》的两首诗，不一定是这些诗文的蓝本，但两首六朝乐府，可能是一枝出墙的红杏，引得了后世诗人的赏玩，因而有此落英缤纷的蹊径。

黄河流域的情歌

《诗经》中的情歌，以郑风为最多，表现形式多种多样，其中有以寥寥数语，情随口出，在绵延起伏的感情的星河里，像流星似的掠过刹那间光芒的，如《山有扶苏》：

一

山有扶苏，隰有荷华。不见子都，乃见狂且。

二

山有桥松，隰有游龙。不见子充，乃见狡童。

扶苏是小木，子都和子充是美男子的代称。狂且是疯汉，和狡童都是一种昵称。有人以为“狡”与“佼”、“皎”同义，即漂亮，但和原义不相符合。这里的“狂”和“狡”实是似贬而褒，就像现代话里的冤家、坏人、小鬼。喜极而泣，爱极而骂。嗔是生气，娇嗔却是撒娇逗趣。沈约《六忆》诗："笑时应无比，嗔时更可怜（可爱）。"正写出了这种女性的微妙心理。

这首诗也是在描写打情骂俏。高山上应该长上大树，偏偏遇到小木，低湿地应该长上水草，偏偏见到荷花。要见的应该是美少年，不想却碰上了这个疯子。这里的子都和狂且其实合二而一，子都是虚的，只起陪客作用，狂且才是实的，也即全章的归宿。

第一章写的是意外的遭遇，第二章的桥（乔）松和游龙（即水荭，一种水草）却是正常的自然现象，岂非与第一章不相称了？因此，也有以为扶苏通扶疏，形容树木的枝叶繁盛。实则两章原是统括言之：山上既有小木，又有大树，湿地既有荷花，又有水草，世间的男子既有子都、子充，又有狂且、狡童，在她心中，等于见到了子都和子充。冯梦龙《山歌》卷一《次身》云："姐儿心上自有第一个情人，等得来时是次身。"似可为《山有扶苏》作一别解。

《郑风》中有径以《狡童》作篇名的：

一

彼狡童兮，不与我言兮。维子之故，使我不能餐兮。

二

彼狡童兮，不与我食兮。维子之故，使我不能息兮。

《诗序》说：这是刺郑昭公姬忽“不能与贤人图事，权臣擅命也”。朱熹《诗集传》说“此亦淫女见绝而戏其人之词”，也便是闺怨了。“淫女”云云，原是道学家习气，不必计较，但他接着说“言悦己者众，子虽见绝，未至于使我不能餐也”，未免节外生枝，“悦己者众”，无非为了要坐实“淫女”之名。

我们姑且解为偶尔争吵，男的便不与女的说话，她为此而连饭也吃不下，后来又不和她一同进食，更使她不能安息，所谓食不甘味，卧不安席，怎见得便是“淫女”？

钱锺书《管锥编》，以为“不与言”云云，“非道途相遇，掉头不顾，乃共食之时，不瞅不睬，又进而并不与共食，于是‘我’餐不甘味而至于寝不安席”。可备一说。又谓《狡童》、《子衿》、《东门之墠》等，“已开后世小说言情之心理描绘矣”。下面就举《子衿》看看：

一

青青子衿（襟），悠悠我心。纵我不往，子宁不嗣音？

二

青青子佩，悠悠我思。纵我不往，子宁不来？

三

挑兮达兮，在城阙兮。一日不见，如三月兮。

旧说以为讽刺校风败坏，学业荒废，课堂中见不到学生上课，曹操《短歌行》就作为思贤才而不得的引子。朱熹以为“此亦淫奔之诗”，大体上是对的。

潘光旦译注的霭理士《性心理学》，附有《中国文献中同性恋举例》一文，即以《郑风》中的《山有扶苏》、《狡童》、《褰裳》、《扬之水》和这篇《子衿》为例。古书中固有“同性恋”的资料，但这几首诗还是写两性间感情上的葛藤。

第三章是追溯当初在城台上往来游玩，这以后既无音讯，又不见踪迹，怨恨中似尚有期待，朱熹所谓“淫奔”，当是指城阙流连这一点。国风咏男女在城门上相会的很多，大概和现代的公园、广场差不多，从诗中又知道这时上衣已有交领（衿）了。

再举《东门之墠》：

一

东门之墠，茹藘在阪。其室则迩，其人甚远。

二

东门之栗，有践家室。岂不尔思？子不我即。

墠指地势平坦，茹藘即茜草，根可作绛色染料。“阪”是斜坡。“有践家室”，是说对方的屋子整齐得像成排的栗树。“即”是亲近。

由于两家住得很近，所以门之旁有墠，有栗，墠之外有阪，阪之上有草，她都记得清清楚楚——她怎么会忘记呢？

这首诗中的主人是男还是女，无法确知，按照常例，应当是女的，如果是男的，岂非要女的亲自到他家里来了？自然，这也并非不可能，下篇《齐风》中就有其例。

末了，还要举一首《野有蔓草》：

一

野有蔓草，零露漙兮。有美一人，清扬婉兮。邂逅相遇，适我愿兮。

二

野有蔓草，零露瀼瀼。有美一人，婉如清扬。邂逅相遇，与子偕臧。

这首诗要注解的只有两处，“清扬婉兮”，原可笼统地知道是在写女子的眉目清秀，但余冠英《诗经选》译为“水汪汪一双大眼”，就更逼真些。其次，末句的“偕臧”之“臧”，旧注作“善”解，闻一多以为“臧”与“藏”同义，即隐僻之处。朱熹说：“臧，美也。‘与子偕臧’，言各得其所欲也。”当是根据第一章“适我愿兮”而推断，也是他聪明处。又说“男女相遇于野田草露之间，故赋其所在以起兴”，更没有道学气了。

起首两句，本是乡间常见景物，丛密的蔓草上沾满了一颗颗的露珠，却给人以想象上的魅力，使人想起《西厢记》的“露滴牡丹开”。

郑国疆土在今河南中部。西周宣王时封其弟姬友于郑，即郑桓公，当时的郑在今陕西华县西北，是为西郑。犬戎侵西周，杀死幽王和桓公，桓公子武公建国于东方，原是虢、鄶二国之地，故称新郑。《郑风》皆东周作品。

“郑声淫”原指乐曲，但《郑风》确多情诗，说明先秦时黄河流域的滔滔激流，曾经泛起过男男女女的激情，如同六朝时的长江流域，明清时的太湖流域，在情歌中起过风波一样。

登堂入室

在上一篇《黄河流域的情歌》中，曾经谈到，按照常例，应当是男的到女的家里，但也有相反的例子，《齐风》中就有两首，一首是《著》：

一

俟我于著乎而，充耳以素乎而，尚之以琼华乎而。

二

俟我于庭乎而，充耳以青乎而，尚之以琼莹乎而。

三

俟我于堂乎而，充耳以黄乎而，尚之以琼英乎而。

古代大户人家的宅院，大门内有屏风，大门和屏风之间叫著。屏风和正房之间的平地叫庭，正房的中间当着阳光、宽大明敞叫堂，堂的四壁叫皇（隍），后来便以“堂皇”作修饰词。堂的左右或后面叫室。这种建筑形式，在今天若干城市中还可见到遗迹。

“乎而”是语气词，这里含有赞叹意味。素、青、黄是男子帽的左右系垂的丝绳颜色（详后）。

这首诗中的主人公是男女两个，迎接的是男，往赴的是女，各家大都无异议。那么，又如何解释这一具体行为呢？《诗序》说是“刺不亲迎”。因为古代婚礼都由新郎亲去迎娶新娘，这一家却不亲迎，所以要“刺”了。方玉润《诗经原始》说：“礼贵亲迎而齐俗反之，故可刺。”实在缺少说服力。

齐在当时是个大国，诗中的男子显然是个贵公子，他的家长，怎么会不顾礼制和物议，任凭他不去亲迎？女方自也门当户对，是有地位、重礼节的豪门显宦，能够就此屈从吗？有人以为这是新郎赴新娘家迎娶，等待的是新娘，可是新娘会在著、庭、堂三个地方等待吗，尤其是在大门之内？也未闻齐国有这样风俗。王质《诗总闻》又以为这是在“婚礼相肃”时，因男家“稍亏礼文，故女子有望（怨恨）辞，三进而三见易服。乎，疑辞；而，鄙辞。此女子必有识者也”。又说：“故言其服，不言其人，似鄙其人也。”这是说，女家鉴于男家只重服饰，不重礼节，一连换了三次服饰，故有怨恨鄙薄之意。但从全诗口气看，明明是在赞叹爱慕，并无怨恨之意。素、青、黄并非三次易服，原是指男子帽子的丝绳用白、青、黄三股丝编成了圆结，左右各一，正好塞着两耳，故曰充耳，充耳的圆结上各穿上圆玉，即瑱。琼华、琼莹、琼英，都是形容玉色的明润。“乎”也并非疑问辞，而是赞叹辞。

著、庭、堂是实写，即由外至内。堂的内中为正室，左右叫房，实际是两人已进入屋子的最里层了。

当时的住宅，一般分为堂和室两部分。堂供会客，谈天，室供寝卧，接下来的《东方之日》便是写室内活动的：

一

东方之日兮，彼姝者子，在我室兮。在我室兮，履我即兮。

二

东方之月兮，彼姝者子，在我闼兮。在我闼兮，履我发兮。

这首诗写男女幽会，各家更无异说。要解释的是“履我即兮”，朱熹《诗集传》说是“言此女蹑我迹而相就也”。一说古人席地而坐，这“即”字为“笫”的借字，指席子，也因为是席地而坐，所以一说为“膝”的借字。闼是卧室左右的小屋，犹言密室。“覆我发兮”的“发”，也有解为启程、动身的，那就是说，“履我即”是写入室，“履我发”是写离闼。

《郑笺》以为此诗是写男子来在女室，胡承珙《毛诗后笺》说：这样，等于男子施以强暴了，“天下有遇强暴而尚以美好称之者哉”？说得很幽默，也很有道理，但下文说：宋儒以为指女子淫奔，“夫谓之淫奔，而日出辄来，月出却去，尤为不近情理矣”。话也说得很幽默，却把日月两句理解得太死板，宋玉《神女赋》：“其始来也，耀乎若白日初出照屋梁。其少（稍）进也，皎若明月舒其光。”便是以日月形容女子肌容的皎洁丰润；即使解为女子白天前往，月夜离去，也没有“不近情理”，这样，和履即履发也相贯通。

《诗总闻》还有一段很有趣的评析：“此男子本诱妇人而来，乃若无故而至者，佯为惊状；欲携妇人而去，乃若见迫不得已者，佯为窘状，此淫夫而又有狡数者也。即，就也。发，起也。履，践也。凡足所就所起之地皆履践之，俗谓一步踏一步也。”王质论《著》虽嫌迂执，这段话却颇近现代“风化新闻”的笔法。

这首《东方之日》紧接于《著》之后，若以后诗印证前诗，前诗的内容更可了然，不知编诗者是否有意安排？

两诗中的主人都是高门，女的必是闺阁千金了。陈子展《国风选译》论《东方之日》说：“我们就有理由说这诗是刺齐国统治阶级的荒淫生活。何况齐国正有不少荒淫之君，如齐哀公、齐庄公、齐襄公便是。”

齐鲁的宫闱丑行

齐鲁为邻国，齐国在今山东的东北部，鲁国在今山东的东南部，两国皆承太公、周公的教化，后世便以齐鲁指文化昌明之地，但在春秋初期，两国的宫闱中，就出了一件著名的丑事。

齐僖公有两个女儿，大的宣姜，嫁给卫宣公，是一个出名的放荡女人，前篇《上梁不正》中已经谈到过她。小的文姜，和宣姜可算“难姊难妹”：文姜有个哥哥叫诸儿，即齐襄公，他们是同父异母，长大后却发生了私情。后来鲁国向齐国说亲，僖公便答应将文姜嫁给鲁桓公。襄公即位，鲁国至齐迎娶姜氏，襄公护送她到讙地，当时即引起人们的议论，因为国君的姊妹嫁到同等国家，应当由上卿护送。

十五年后（鲁桓公十八年），桓公和文姜同往齐国，大臣申繻曾加劝阻，桓公不听。到了齐国，襄公便和文姜勾搭，桓公知道后责骂了她，她向襄公哭诉。

隔了几个月，襄公宴请桓公，使桓公中酒，然后唆使力士彭生抱上车中，把桓公肋骨折断，到下车时，桓公已经死了。鲁国向齐国责问，襄公就将彭生杀死作为谢罪。

这一来，引起了齐国内外对襄公的痛恨。后来，他的臣下连称、管至父等便策划叛乱，乘襄公游猎回来，因坠车伤足，便由公孙无知将他杀死。

《齐风》中有三首诗，写文姜和襄公的丑行，先举《南山》：

一

南山崔崔，雄狐绥绥。鲁道有荡，齐子由归。既曰归止，曷又怀止？

二

葛屦五两，冠緌双止。鲁道有荡，齐子庸止。既曰庸止，曷又从止？

三

蓺麻如之何？衡从（纵）其亩。取妻如之何？必告父母。既曰告止，曷又鞠止？

四

> 析薪如之何？匪（非）斧不克。取妻如之行？匪媒不得。既曰得止，曷又极止？

一二两章开头两句，用对偶体，极为工整。各章最后的问句，词锋锐利，咄咄逼人。

南山之高峻，喻齐君的权位，雄狐之多毛，喻襄公的淫纵（旧说狐为淫兽）。

三四两句是说，当初齐国的女儿就是由这条平坦的鲁道上嫁了出去、取得归宿的；既然找到归宿，为什么还在三心二意怀念着？

第二章的葛屦指葛藤做的鞋。葛皮坚韧，用水沸过，便分离出白而细的纤维[①]，汉以前多称履为屦。《仪礼·士冠礼》说："屦夏用葛，冬皮屦。"可见这次赴齐在夏天。五，古文作㐅，义同"午"，交叉之状。一说五即"伍"，意为

① 《诗经》中说到葛的种植和纺织的多至四十余处。1972年江苏吴县草鞋山新石器时代遗址中发现三块五六千年前的葛布，为至今所见最早的纺织品实物。

成对。两即“緉”，系鞋的带子，鞋带必须两条交叉才能扎住。緌指帽带下垂部分，也是左右各一条。庸和上一章“由”字同义。这是说，物各有偶，夫妻必须成对，不可淆乱。

桓公是否事前已经知道两人的暧昧关系，史传未曾明言，但申繻曾加劝阻，他也许已有所闻，后人也责备桓公不该信从文姜而带她同来。此诗的三四两章也是在责桓公：麻是怎样种的？必须事先把田地耕治好。柴是怎样斫的？必须用斧头才成功。妻子怎样娶来？当然事先征告父母（按，桓公娶文姜时，他的父母已死），央求媒人。既然已告父母，已有媒人，那便是正式夫妻了，怎么还能纵容文姜回到齐国去出丑呢？所以这首诗所斥责的实为三人，以雄狐起兴，喻齐襄之淫，以冠屦起兴，喻文姜之乱，以蓺麻析薪起兴，喻鲁桓之昏懦而终遭惨祸，也便是用暗示法。

第二首为《敝笱》：

一

敝笱在梁，其鱼鲂鳏。齐子归止，其从如云。

二

敝笱在梁，其鱼鲂鱮。齐子归止，其从如雨。

三

敝笱在梁，其鱼唯唯。齐子归止，其从如水。

这首诗有两种说法，一是桓公被杀后，文姜寡居而赴齐，一是桓公活着时与她同行，和《南山》相同。今取后说。敝笱是破旧的捕鱼竹笼，怎能捕鱼？桓公正如敝笱，怎能约制跳跃的文姜？王质《诗总闻》云："盖鲁桓未殒，虽未殒如无人。"末章"唯唯"喻出入自由。如云，如雨，如水，明是形容侍从之盛，实是讥刺招摇过市，适彰其丑。《郑笺》说："其从，侄娣之属。言文姜初嫁于鲁桓之时，其从者之心意如云然，云之行，顺风耳。后知鲁桓微弱，文姜遂淫恣，从者亦随之为恶。"说鲁桓微弱，文姜淫恣，也有道理，但解"从者"云云，却是牵强得很，程晋芳《毛郑异同考》说得很对："国君果能防制其妻，岂在从者之盛不盛耶？"

朱熹《诗集传》以此诗是讽鲁庄公不能防闲其母文姜，方玉润《诗经原始》坚认是刺桓公，并说："岂知不能防闲其母之罪小，不能防闲其妻之罪大。"

但桓公死后，文姜往齐国确很频繁，仅据《春秋》所记，四年中即有五次和襄公相会，下面的《载驱》，便是写桓公死后赴齐事件：

一

载驱薄薄，簟茀朱鞹。鲁道有荡，齐子发夕。

二

四骊济济，垂辔沵沵。鲁道有荡，齐子岂弟。

三

汶水汤汤，行人彭彭。鲁道有荡，齐子翱翔。

四

汶水滔滔，行人儦儦。鲁道有荡，齐子游敖（遨）。

在疾行的马蹄声中，遮着竹席，盖着红皮的车辆在鲁国的大道上奔驰着。清早出发，晚间停宿。“岂弟”即“恺悌”，本含褒义，这里和下文的翱翔、游敖，都是刻画文姜欢悦舒畅，见人亲昵，洋洋自得的神情。彭彭和儦儦，指驻足而观者之多，也即众目睽睽之意。汶水流经齐鲁两国，后世还传说汶水上有文姜台。

此诗侧重写文姜的肆无忌惮，不知羞耻的狂荡行为，不涉襄公，而襄公之恶自在其中。这时桓公丧命，连敝笱也不存在了。

还有一首《猗嗟》，专写鲁庄公体壮貌美，能舞善射。这时随他母亲前至齐国。因为“猗嗟”是感叹词，诗中又有“展我甥兮”语，后人也以为是在讽刺，未免附会。实是诗人厚道处，借此特地表出：这个少年人确实是齐侯的外甥（也便是桓公的儿子）。庄公固无精悍果断的能力，但这时对文姜实也无能为力，他父亲之遭毒手，自然不会不知道。从文姜的行动看性格，这个女人已抓破脸皮，什么事情做不出来？何况他这时还很年轻。王质说：“庄公未见可罪，但见可怜尔。”确是这样。

《齐风》共十一首，和鲁国有关的占四首，就因襄公之故。方玉润说：若论淫诗，自无过于《郑风》，但“郑俗不过采兰赠勺，为士女游观之常，而齐何如乎？吾不能不说此三致慨焉”。从今天来看，《郑风》采兰赠芍一类作品，绝大部分还是正常的情歌，诗人也并非全出贬义，至于这三首《齐风》，都是用强烈的谴责态度和巧妙的讽刺艺术来描写的，它的倾向性也极为分明。

《旧唐书·杨贵妃传》，记杨国忠与他堂妹虢国夫人的丑行云："而国忠私于虢国而不避雄狐之刺，每入朝或联镳方驾，不施帷幔。"文中的雄狐即用襄公和文姜典故，因都是兄妹关系。

劳心的价值

“尸位素餐”这句成语，原指居位食禄而不理事的寄生虫。素是空虚，素餐就像现代话的吃白食，吃闲饭，源出《魏风·伐檀》，这里录其第一章：

坎坎伐檀兮，寘（置）之河之干兮，河水清且涟猗。不稼不穑，胡取禾三百廛兮？不狩不猎，胡瞻尔庭有县（悬）貆兮？彼君子兮，不素餐兮。

这首诗，“五四”后一些学者，都认为是对贵族人士的冷嘲热骂：既不耕种，又不打猎，为什么家里有大堆庄稼和肥大豪猪，就因这些君子不劳而获，坐享其成之故。

这一说法，到现在更有其权威性，不少选注本、教材都作为思想性强烈的名篇选入，诗中的君子，因而也成为大花脸或小花脸式角色。

将“素餐”解为不劳而食是对的，素餐者因而也是要否定的对象，但诗中明明是说“不素餐”，负负得正，应当是肯定的对象了，岂非自相矛盾，难圆其说?

于是有的以为是故作反语，意在讽刺。有的以为承上文而来，也是冷嘲性的反问：（难道）不会白吃白喝吗？有的以为这些君子平日养尊处优（这是事实），所以吃的不是简陋的青菜淡饭。

《诗序》说：“《伐檀》，刺贪也。在位贪鄙，无功而食禄，君子不得进仕尔。”说得笼统，但有其正确的一面，诗中“不稼不穑”四句确是在讽刺。而讽刺的并非君子。这当然也有先入之见：既称君子，自非应刺的贪鄙之人。

《孟子·尽心》中，有一段对话，却多少地接触到真相：

> 公孙丑曰：《诗》曰：“不素餐兮。”君子之不耕而食，何也？孟子曰：君子居是国也，其君用之，则安富尊荣；其子弟从之，则孝悌忠信。“不素餐兮”，孰大于是？

公孙丑对君子之不耕而食不理解，便去请教老师，孟子说：贤能的君子，得到国君的重用，受到安富尊荣的礼遇，他的子弟追随他，受到道德上的感化，这就已经完成不素餐的最大责任，这和孟子的劳心劳力说是一致的。就孟子当时的历史条件来说，他的话不算错。上层集团的人物，如果对社会的精神生活能起示范的推动的作用，也就有了极大的贡献，种田和猎兽并非检验他们对社会贡献的主要准绳。我们如果把诗中的君子看做有权位的官绅，他在安富尊荣之余，能把自己的子弟教导好，也是值得称赞的，这些子弟品行的优劣，对社会是很有影响的。

董仲舒《春秋繁露·仁义》说："《诗》曰：坎坎伐檀，彼君子兮，不素餐兮。先其事，后其食，谓之治身。"他把伐檀人和君子看做同一主体，是否正确，另当别论，但他把这个君子看做不吃白饭的实干家，还是和"不素餐"的原意相符。姚际恒《诗经通论》说："夫君子之人岂必从事力作；即从事力作，如伐檀及稼穑、狩猎诸事，庸夫类为之，皆自食其力，君子为此，何以见其贤？"又说："此诗美君子之不素餐。'不稼'四句只是借小人以形君子，亦借君子以骂小人，乃反衬不素餐不义耳。末二句始露其旨。"后一段说得尤为警辟，前一段实是对孟子之说的补充。

恃势仗权，不劳而食的上层人物历来就有，诗中要骂的就是这些人，但为小民做些实事，自己的生活也过得优厚些的君子也有，诗中要赞扬的就是这些人。诗人的爱憎是从下层中提炼得来的。

孟子和姚际恒自然不可能有现代意义的社会分工的认识，劳心劳力之说，在他们又是两者人格上高下的标志，但从社会发展的观点来说，对智力价值的评价高于体力价值不能说是谬论，只是人格上应当同样得到尊重。

苦乐不均、贫富悬殊的对立现象，在历史上是存在的，具有正义感的诗人也曾揭露反映，杜甫的“朱门酒肉臭，路有冻死骨”，便是著名例子，但对《伐檀》诗中的君子，却是褒而非贬。但这说法只是一家之言，未必完全正确。

笔者的说法不一定正确，只能作为一家之言，但过去却不敢说，也无处表达，因为《伐檀》中的君子等于是一只死老虎了，不但如此，古书中出现的“君子”，百分之九十五以上都是被目为反面人物。这一篇文章，看了袁宝泉、陈智贤合著的《诗经探微》而更有同感。

硕鼠猖獗

老鼠是兽类中体积最小，却是最不受人们欢迎的动物，一提到它，人们便现憎厌害怕之色，鼠辈、鼠子、鼠窜都是骂人的话。“老鼠过街，人人喊打”，说明人对它的痛恨程度。古代诗文中，常常把老鼠比做坏人，如城狐社鼠。

晚唐的曹邺，曾作了一首《官仓鼠》：

官仓老鼠大如斗，见人开仓亦不走。健儿无粮百姓饥，谁遣朝朝入君口？

这是将官仓鼠比做侵盗公款的贪官污吏，末句故作疑问，实是答在其中，它们所以如此明目张胆跳踉猖獗，吃得如斗之大，当然由于仓吏的纵容，见了人还逃走什么呢？官仓为什么这样丰盈？因为民脂民膏搜刮得多。中国有些地区称鼠为财神，因为它不会光顾家徒四壁的穷汉之家。

曹邺这首诗，可能受《魏风·硕鼠》的契悟，今录第一第三两章：

一

硕鼠硕鼠，无食我黍。三岁贯女（汝），莫我肯顾。逝将去女，适彼乐土。乐土乐土，爰得我所。

三

硕鼠硕鼠，无食我苗。三岁贯女，莫我肯劳。逝将去女，适彼乐郊。乐郊乐郊，谁之永号？

《诗序》说这是“刺重敛”，即讽刺横征暴敛的苛政。硕鼠是大老鼠，即《官仓鼠》所谓大如斗。三、四两句，意为我们供养你已经三年了，你却不肯体恤我们，因而只有离开你另觅乐土；到了那里，就可安居乐业，永远再不听到号哭之声。是的，凡有大老鼠的地方，人民永远不能免于啼饥号寒之苦。三年不一定是实数，只是形容重敛年份之长。

准备到哪里去呢？未必有明确的目的地，只是一种愿望而已。真正的乐土，在现实生活中也是难以寻觅的。

《魏风》中还有一首《十亩之间》：

十亩之间兮，桑者闲闲兮，行与子还兮。

十亩之外兮，桑者泄泄兮，行与子逝兮。

有的说，这是写国政腐败，贤者不愿在朝做官，想和良友隐居乡间。有的说，这是写携眷偕隐，所以选择桑树密茂处建家，在绿荫下过着悠闲和乐的生活，又让妇女采桑养蚕，仿佛桃源人之避秦。自然，这仍是愿望。

魏是小国，故地在今山西解县，后被晋献公所灭。诗人作此诗时，还不曾料到他的故国日后的悲惨命运。

老鼠的性格很狡猾，行动很诡秘，生命力又很顽强，苏轼曾写过一篇《黠鼠赋》，说他在深夜中听到老鼠啮物之声，乃击床而止之，击停而声又作，便叫家童用烛照看，先见一空袋，后闻声在袋中，因而想到这是老鼠因袋紧闭不能脱出缘故。将袋解开，寂无所有，用烛探视，中有死鼠。家童惊讶道：刚才还在啃啮，怎么忽然死了？将袋倒倾，老鼠便堕地而逃，再也捉不到了。苏轼被老鼠的狡黠所惊叹：袋坚而无法穿破，“故不啮而啮，以声致人。不死而死，以形求脱也”。意思是，老鼠如果在解开袋口时便想跳出，那还是会被捉住的。

《聊斋志异》卷九，又记着一个故事：

明万历间宫中有鼠大如猫，便以异国的狮子猫抱投鼠屋，暗中从小门窥望。猫蹲了好久，鼠逡巡从穴中而出，见猫竟怒奔而前，猫便避登几上，鼠也照样登几，猫又跃下。如此往复，不止百次。大家以为猫怯懦无能。后来鼠跳掷渐迟，硕腹似喘，蹲地上稍作休息，猫趁此立刻疾下，将鼠攫住，顷刻之间，鼠首已被嚼碎。这才知道猫非怯弱，而是以逸待劳。《志异》并引吴王伐楚，伍员告他“彼出则归，彼归则出，楚必道敝”之术以为印证。

当然，这两则故事含有寓言性，故而说得神乎其神，鼠毕竟是鼠，猫毕竟是猫；鼠逢到能逃的机会就逃，猫见了老鼠就捉，不必等到力疲之后，但苏轼的文章却也给我们以启示：既然明知袋中有鼠，就不应掉以轻心，等到上了当，中了计，再来写文章，正好给黠鼠匿笑：我不过是装装死呀，你这位相公就那么相信我，发发议论有什么用处呢？

及时行乐与居安思危

唐国疆土在今山西南部，都城最初在翼城县南。《诗经》中没有晋风，《唐风》便是晋风。

周代以前，本有唐国，传说为唐尧后代。周武王死后，成王即位，唐国发生战乱，周公便将唐平灭而属于周。有一次，成王和他幼弟叔虞玩耍，削一片桐叶为玉珪给了叔虞，说："拿这个封你。"臣僚史佚即请择日举行典礼，成王说："我是说着玩的。"史佚说："天子无戏言，说了便写在史册上了。"于是封叔虞于唐。到叔虞儿子燮时，因地方有晋水，便称晋侯。

这件事虽见于《史记》，却有传奇意味，并不可靠，当时成王和叔虞都是娃娃，不然，成王怎么会这样做呢？柳宗元就撰过《桐叶封弟辨》以辩驳。这里只是当做谈助，用以说明唐与晋的渊源。

《唐风》的第一篇为《蟋蟀》，今录第一、第三两章：

一

蟋蟀在堂，岁聿其莫（暮）。今我不乐，日月其除。无已大（太）康，职思其居。好乐无荒，良士瞿瞿。

……

三

蟋蟀在堂，役车其休。今我不乐，日月其慆。无已大康，职思其忧。好乐无荒，良士休休。

岁暮天寒，蟋蟀已钻入堂下，役车也已停息不出，想到岁月逐渐消逝，不禁悲从中来，因而很想及时行乐，但又常常想到自己所处地位和国家忧患，所以不能过分安逸，必须快活而不沉湎荒怠，保持一个贤士警惕和谨慎之情，也即居安思危之意。

及时行乐是人的一种活动，它对人起的作用是有益还是有害，要看他的实践内涵，既可以作为生活的调剂手段，又可以作为人生的唯一目的，因而成为放纵颓废。要求生活里增加一些乐趣和兴奋，原没有错。《蟋蟀》里的主人反映的思想，还是上轨道的。但像周宣帝与宫人夜中连臂蹋蹀而歌“自知身命促，把烛夜行游”，这里的把烛夜游，就不是几个晚上的事，而是代表一种人生观。夜晚尚想把烛夜游，白天更不必说了，古乐府《西门行》所谓“为乐当及时”，“昼短苦夜长，何不秉烛游”。《游仙窟》中赠十娘诗：“生前有日但为乐，死后无春更著人。只有倡佯一生意，何须负持百年身。”这就是说，其他都无关重要，肉体上、官能上的刺激才是最现实的。《金瓶梅》中的西门庆便是其中的代表。

李白的作品中也流露出这种及时行乐，不过他不是只求肉欲上的，因而也是高级的，而且表现出一种矛盾，例如他的《将进酒》，一面是虚无消沉，想在长醉中了却一切，一面又很自负，对现实似尚有期待。他的这种矛盾，并非表现在个别几篇作品中。

奢侈固然应当反对，吝啬也不足为训，两者都是极端，《唐风》的第二篇为《山有枢》：

一

山有枢，隰有榆。子有衣裳，弗曳弗娄。子有车马，弗驰弗驱。宛其死矣，他人是愉。

……

三

山有漆，隰有栗。子有酒食，何不日鼓瑟？且以喜乐，且以永日。宛其死矣，他人入室。

诗中人是一个富豪，衣食住行的条件很优越，他却样样舍不得用。诗的末两句是说：有一天你死，你的一切便被别人所有。这也说明，当时觊觎富豪家产、因而等候着他死去的事件也必常在发生。

这首诗紧接在《蟋蟀》之后，仿佛是互相呼应，朱熹《诗集传》便说“此诗盖以答前篇之意而解其忧”。方玉润《诗经原始》，以为这首诗是在讥诮前一首“今我不乐”者：“子以好乐无荒为戒者，不过为子孙长保此富贵计耳。岂知富贵无常，子孙易败，转瞬之间，徒为人有，则何如及时行乐之为善乎？此类庄子委蜕，释氏本空一流人语，原不足以为世训。然以破唐人吝啬不堪之见，则诚对症之良药，故二诗可以并存也。”方氏的话说得也对，但也只是在破吝上才有意思，用死的恐怖感虚空感作为“人生有酒须当醉，一滴何曾到九泉”的理由，实也世俗之见。按照这种说法，人的一切努力和建树到头来都是空的，正如《庄子·知北游》说的，连子孙也“非汝有”了。

及时行乐和居安思危之间应该是可以统一的。

三星在户之夜

古代早婚，女的十五岁（笄年）至二十岁，男的二十岁（冠年）至三十岁即可结婚。李白《长干行》："十四为君妇，羞颜未尝开"（结婚后一直含着羞容），这还是文学作品中说的，但班固之妹班昭，十四岁时便执箕帚于曹世叔之家了。

过了及婚的年龄，便可不按规定的手续而自行结合，《诗经》中的"私奔"，一部分就为了这原因。现在有些二十四五岁的姑娘，也许正在谈恋爱，但在五六十年前，有些二十六七岁的女子，即使家世清白，品貌端正，往往只能做继室。

《召南》的《摽有梅》，便是写一个已属婚龄而迫不及待的女子的渴切心情：

一

摽有梅，其实七兮。求我庶士，迨其吉兮。

二

摽有梅，其实三兮。求我庶士，迨其今兮。

三

摽有梅，顷筐塈之。求我庶士，迨其谓之。

怎么见得这个女子的迫不及待？变化就在各章第二句梅子的变化上。读者不妨暂且掩卷思索。

摽有梅，是说梅子被打落在地上，但留在树上的还有七成，所以，当有人向这位女子求婚时，她便说：且等个吉日良辰吧。实际还想延迟一下。等到树上梅子剩下三成时，她急了，便说：就赶着今天吧。到第三章时，落下的梅子已可装满篮筐，两人便聚会在一起了。

《唐风·绸缪》则是写正式的新婚之夜的，也即洞房花烛的情趣：

一

绸缪束薪，三星在天。今夕何夕，见此良人。子兮子兮，如此良人何！

二

绸缪束刍，三星在隅。今夕何夕，见此邂逅。子兮子兮，如此邂逅何！

三

绸缪束楚，三星在户。今夕何夕，见此粲者。子兮子兮，如此粲者何！

绸缪是紧缠密绕，后来引申为情谊殷勤。束薪、束楚（荆条）是婚礼时照明之用，如后世的花烛。先秦无灯而有烛，烛非现代的用蜡或柏油制成，而为火炬，以松苇竹麻等为中心，经缠束后灌上脂膏。薪为柴火，《诗经》中常以薪喻婚事，如《汉广》的“翘翘错薪”，以兴女子的出嫁，《南山》的“析薪如之何”，以兴男子的娶妻。三星指一夜之间，三个星座顺次出现，为新婚之夜渲染气氛。第三章的“三星”是河鼓三星。这时正值新秋，河鼓当户，感牛女之相会，示天人之共欢。末句是戏弄逗趣的话：瞧着这样的新郎，这样的新娘又该怎样啊，意即不知如何才好，所谓说不出的高兴。第二章的“邂逅”本为不期而遇的偶然相逢，当时新婚夫妇，婚前本不相熟，如今合在一起，也近于邂逅，犹后世说的良缘，含喜出望外之意，“今夕何夕”也是描摹喜悦之情，我们现在逢到大喜的日子，不是也说“今天是什么日子”？这首诗现代一般读者读来，也觉得明白生动，口吻真切。

旧说这诗是刺国乱婚姻不得其时，我们可怎么也看不出有讽刺的味道，姚际恒《诗经通论》说：“如今人贺人作花烛诗，亦无不可也。”意思是，没有什么特别的用意。方玉润《诗经原始》说：“此贺新昏（婚）诗耳。‘今夕何夕’等诗，男女初昏之夕，自有此惝恍情形景象，不必添出‘国乱民贫，男女失时’之言，始见其为欣庆词也。《诗》咏新婚多矣，皆各有命意所在。唯此诗无甚深义，只描摹男女初遇，神情逼真，自是绝作，不可废也。若必篇篇有为而作，恐自然天籁反难索已。”因为说得很对，所以也抄得多些。

还有更加想入非非的，第三章的“粲者”，原指女子的娇美，《毛传》说：“三女为粲。大夫一妻二妾。”大夫（朝廷的高级官员）可有一妻二妾，固然是古代事实，但和这首诗有什么相干？难道一夜之间，会娶三个女人吗？如果这样，倒是真的在讽刺了。

这首诗，结构上还有别致地方，第一章写新娘喜见新郎，故称良人，第三章写新郎喜见新娘，故称粲者，中间是男女合咏，即由单而双，由双又而单。但古代也以良人称妻妾，所以有的以为三章都是男对女的戏逗的话。

当时的结婚，要具备六礼：

一是纳采。男家使媒人纳其采择的礼物给女家，表示想和女家成亲。礼物用雁，即“委禽”。古代人一般冬天居邑，春天居野，游牧时代，分散尤甚，娶妻皆在秋末至春初，《邶风·匏有苦叶》所谓“士如归妻，迨冰未泮”。雁是候鸟，春初必来，故而用雁，雁来则祭高禖（媒神）求子。由于刚开始采择，恐怕女家不同意，所以说“纳”。

二是问名。女家接受后，男家又以文使人问女子名字，女家便以文告以女子出生年月和生母姓氏，即后世的庚帖。纳采与问名都是一个使者执行的事。

三是纳吉。问名之后，归卜于家庙（祠堂），求决于祖先。卜得吉兆，通知女家，亲事就定下来。如不吉，便作罢。

四是纳徵。因为卜后得了吉兆，故称。也叫纳币。男方以玄纁（黑色的币帛）、束帛、鹿皮送到女家，女家受物复书，婚姻乃定，故也叫文定，俗称过定，即后世的订婚，订婚时也有首饰、衣料送给女家。

五是请期。男家准备娶亲时，预选结婚日期，请女家决定。女家受礼，便是答应，否则改期。

六是亲迎。婚期确定后，新郎承父亲之命，先往女家，女家的父亲迎于门外，新郎执雁而入，再拜奠雁。回到家里，在门外等候新娘。新娘到达后，和新郎进食饮酒。亲迎仪式，至此结束。

第二天天刚亮，新娘会见公婆，公婆乃备宴享新娘，并先从西阶走下，新娘从阼阶（东阶）走下，这便是授室，意思是把家事交给了媳妇，地点则以著（宅院大门之内）代室，后来又以给儿子娶妻叫授室。朱庆馀《近试上张水部》所谓"洞房昨夜停红烛，待晓堂前拜舅姑"。

这是当时明媒正娶的婚礼概况，总之事先须得家长参与及同意，不同意只能单独行动。到了西汉，还有文君夜奔。文君为什么要夜奔？就因司马相如有才而无财，文君父亲是个大富翁，她怕父亲不同意，只好私奔了。

生离死别

《国风》中的半数作品，都与妇女有关，其中有幸福欢乐的，如上一篇的三星在户之夜，也有生离死别，空房兴悲的，如《唐风·葛生》：

一

葛生蒙楚，蔹蔓于野。予美亡此，谁与独处。

二

葛生蒙棘，蔹蔓于域。予美亡此，谁与独息。

三

角枕粲兮，锦衾烂兮。予美亡此，谁与独旦。

四

夏之日，冬之夜。百岁之后，归于其居。

五

冬之夜，夏之日。百岁之后，归于其室。

这首诗，当是妻子悼念丈夫而作。开首两句，以长曳的葛藤覆盖着荆条，绵延的白蔹纠结在墓地起兴。旧说葛和蔹都是蔓生植物，必须依附于其他植物才能生存，比喻女子必须依靠丈夫才成家室，那么，我们就解为相依为命。“谁与独处”含有问答意：谁和他在一起？只有孤零零的一个人！

一、二两章是想象丈夫死后的凄凉况味。第三章的“角枕”两句是实写：八角的方枕依然那样明丽，锦被还是那样光亮。枕衾都是晚上共卧时所用，由此而联想到谁来陪伴他到天明。

夏季的白天，冬季的夜晚，都是长的，以时间之长暗示思念之深，第五章将次序对调，又暗示时节的更换。从存殁之痛中，唯有期望百年之后，再来共居，也即《王风·大车》“穀（活着）则异室，死则同穴”之意。

尽管当时有虐待和遗弃妻子的丈夫，却也有体贴恩爱的丈夫，所以才会使妻子这样深挚地悼念他。

因为诗中有“予美亡此”之语，王柏《诗疑》便说：“予观‘予美’二字，则知其非夫妇之正，是必悼其所私之人。”真是异想天开。“予美”是一种昵称，为什么不可以称丈夫呢？但也有以为这是丈夫悼念亡妻，那倒未尝不可。李商隐《无题》中有这样一首七律：“来是空言去绝踪，月斜楼上五更钟。梦为远别啼难唤，书被催成墨未浓。蜡照半笼金翡翠，麝熏微度绣芙蓉。刘郎已隔蓬山远，更隔蓬山一万重。”解为男子想念女子，或女子想念男子都可以。又如“凤尾香罗薄几重，碧文圆顶夜深缝”这一首，要说男子想象女子夜生活的光景固然可以，要说女子在晚上借缝帐以寄相思也可以。

《唐风》即晋风，晋国多兵役，晋献公在位二十三年间，作战共十一次，所以，也有人以为《葛生》中的丈夫是死于战场上，此诗则是刺献公之好战。“春秋无义战”，为了争霸逞强，使人间平添了多少寡妇孤儿。

梁朝的徐悱之妻刘令娴（刘孝绰之妹），世称刘三娘。徐悱出外从军，曾有《赠内》诗寄令娴中有云：“彼美情多乐，挟瑟坐高堂。岂忘离忧者，向隅心独伤。聊因一书札，以代九回肠。”令娴乃作《答外诗二首》，第一首说：“花庭丽景斜，兰牖轻风度。落日更新妆，开帘对春树。鸣鹂叶中响，戏蝶花间骛（追逐）。调瑟本要欢，心愁不成趣。良会诚非远，佳期今不遇。欲知幽怨多，春闺深思暮。”诗中刻画了两人相思的殷勤，妻子对着良辰美景，鸣莺彩蝶，更逗起了她的愁绪，但她总以为丈夫不久就要回来，不料徐悱后来死于晋安郡。丧仪回到建业时，她曾作了一篇祭文，其中说：“雹碎春红，霜凋夏绿。躬奉正寝，亲观启足。一见无期，百身何赎。呜呼哀哉！生死虽殊，情亲犹一。敢遵先好，手调姜橘。素俎空干，奠觞徒溢。昔奉齐眉，异于今日。从军暂别，且思楼中。薄游未及，尚比飞蓬。如当永诀，永痛无穷。百年几何，泉穴方同。”

“启足”用《论语·泰伯》曾子患病时说的“启予足，启予手”典故，这里指徐悱能以善终而保美名回来。古代婚礼用肉酱（菹醢），姜橘也可为菹，因为是祭亡灵，故用素的，情义却与原先结婚时一样。她将祭物供在灵前，和过去举案齐眉时的心境大不相同。他离家时，她以为从军暂别，薄游未返，尚能以楼头思妇而等待着，只是不想打扮，像《卫风·伯兮》中的“自伯之东，首如飞蓬”那样，如今成了永诀，永远含痛无穷了。

这篇祭文情词沉痛，为世传诵，也见得这位女作家的文才，她的父亲刘勉，本想撰文哀悼女婿，看了刘令娴此文，就此搁笔。

刘令娴的祭文，是她自己作的，《葛生》是否女主人自己所作，还是别人感于当时夫死军中，妇为遗孀的悲惨境遇写成诗歌，无从考查，这里很自然地联想起杜甫的《新婚别》。

杜诗以新婚夫妇因从军而相别为主题，并以妻子口吻写出。开头的“菟丝附蓬麻，引蔓故不长”，也是以蔓生植物起兴。“罗襦不复施，对君洗红妆”，即是用《伯兮》的“岂无膏沐，谁适为容”意。结末的“仰视百鸟飞，大小必双翔。人事多错迕，与君永相望”，原望丈夫能幸而生还，但“人事多错迕”，却又以正为逆，露出无信心之意，因为现实实在太复杂了，何况是从军！

《葛生》这首，也有以为只是写妻子思夫之切，丈夫是存是亡，尚不可知，姚际恒《诗经通论》以为“百岁”即偕老之意，如果丈夫已死，而自云等到百岁之后，同归于居，语气上便不合，这也可备一说。

《新婚别》为“三别”之一，还有两首为《垂老别》、《无家别》，都是写军役的频繁，民情的哀怨。从春秋到杜甫时代，妇女一直处于葛藤、菟丝的依附地位，有了战争，便有不少春闺梦里人。这中间，固然有卫国御暴，令人崇敬的忠勇国殇，更多的是为帝王将相穷兵黩武而牺牲于刀光剑影中。“乃知兵者是凶器，圣人不得已而用之”，与杜甫同时的李白，就在《战城南》中发出过这样震动性的呼吁。

早期的秦国君臣

在结束《齐风》和《魏风》、《唐风》（即晋风）后，就要介绍《秦风》。齐、晋在当时是大国，秦也正露头角，后来终于继齐、晋而霸。

秦王姓嬴，起先僻处西北，近鸟鼠同穴山（今甘肃渭源西）。西周孝王时，封他的臣子非子于秦（即今甘肃天水县的故秦城），养马于汧渭之间，马因此而繁殖，疆土也逐渐扩大，实际还是过着游牧生活。到了周宣王时，又命非子的曾孙秦仲为大夫，在征讨西戎的战役中被杀。后来幽王也被犬戎杀死，他的儿子平王东迁，秦仲的孙子襄公派兵护送平王，其实已有野心，平王乃封襄公为诸侯，并说："能逐犬戎即有岐、丰之地。"襄公将犬戎击走后，遂有东周的西都八百里之地，并以附庸而为诸侯，迁都于汧（今陕西陇县的汧城）。从这时起，秦国便想和其他的诸侯争雄。

《秦风》共十篇，都是叙述上层集团的事件，王夫之《诗广传》所谓“秦无燕婉亵情之诗”。第一首是《车邻》，旧说是记述秦仲开始有车马、礼乐、侍御，又能竭诚延揽宾客的盛况，总之是写早期的秦国君臣交接时的情趣：

一

有车邻邻（辚），有马白颠。未见君子，寺人之令。

二

阪有漆，隰有栗。既见君子，并坐鼓瑟。今者不乐，逝者其耋。

三

阪有桑，隰有杨。既见君子，并坐鼓簧。今者不乐，逝者其亡。

第一章写臣子来到秦君宫前，只见车铃在响着，白额的马在嘶叫着。气象极为庄严。但要见到国君，必须先请国君的寺（侍）人去通报。这和后世之见长官的惯例倒很类似。明人宗臣《报刘一丈书》中描摹的相公门下那位司阍的气派就淋漓尽致。相公之门本来不容易进去的。

见到国君，国君却和他一同奏瑟鼓簧，还说：今天如果不及时行乐，日后眼看就要衰老，死亡了。这也并非全是颓废虚无的思想，《唐风·山有枢》的“山有漆，隰有栗。子有酒食，何不日鼓瑟？且以喜乐，且以永日。宛其死矣，他人入室”，手法上完全相同。即是说，以山漆隰栗唤起音乐，又由音乐激发快感，是当时一种常用手法，可能由于乐器多半用木材所制，所以“樂”字从“木”。《鄘风·定之方中》即说：“树之榛栗，椅桐梓漆，爰伐琴瑟。”

琴瑟是最古老的丝弦乐器，每瑟二十五弦，弦中一根是黄色的，其余都是红色的。簧是乐器中用以发声的片状振动体，用竹木或金属制成。演奏时，手按簧管下端的指孔，横吹于口，故有“簧，横也”之说。

目前出土的最早琴瑟为春秋时代，在那时是一种新乐器，使用或不很普遍，郭沫若以为琴瑟出现当在春秋时。（《青铜时代》）《战国策·齐策》中说“临淄甚富而实，其民无不吹竽，鼓瑟，击筑，弹琴”，可见到战国时，民间鼓瑟弹琴已经很普遍了。

《车邻》这首诗，乍看似很平淡，但方玉润《诗经原始》却说得很有意思：这时尚是秦国开创之始，法制虽已完备，礼节还很宽舒，从而推想秦君为人必恢廓大度，不饰边幅（很随便）。平时车马喧盛，日处深宫，非传宣不能入见，见了面，君臣交接之间，却欢若平生，“鼓瑟者可以并坐而调音，鼓簧者亦可相依而度曲”。国君还以及时行乐劝导臣子，“则其心之推诚相与，毫无箝制也可知”。方氏解释是否符合此诗原意，尚待推敲，但不失为通人之见，且又常以文学眼光来欣赏，也加强了读者的感染效果。说诗固不可离题太远，却也需要弦外之音。

至秦始皇时，君主的威权固然更加牢固，“天子自称曰朕”，小民只能算是黔首，如杜牧《阿房宫赋》所说，连那些尽态极妍的妃嫔们，“有不得见者，三十六年”，但秦始皇从此也成为可哀的独夫子。

人面不知何处去

《秦风》多粗豪质直，所以王夫之《诗广传》说：“秦无燕婉亵情之诗。”我们从第一篇的《车邻》到第三篇的《小戎》，只见车盛铃响，马肥犬吠，箭锐盾美，六辔在手，全是一派尚武气象，可是到了第四篇的《蒹葭》，景色陡地一变，别有凄清缥缈，宛转低回，烟波万状之一境。不但《秦风》中少见，在《国风》中也是屈指可数的杰作，难怪王柏《诗疑》要说“《蒹葭》不类《秦风》也”。明人钟惺评第一章说：“异人异境，使人欲仙。”

一

蒹葭苍苍，白露为霜。所谓伊人，在水一方。溯洄从之，道阻且长。溯游从之，宛在水中央。

二

蒹葭凄凄，白露未晞。所谓伊人，在水之湄。溯洄从之，道阻且跻。溯游从之，宛在水中坻。

三

蒹葭采采，白露未已。所谓伊人，在水之涘。溯洄从之，道阻且右。溯游从之，宛在水中沚。

旧说这是刺秦襄公未能习用周礼，无以巩固其国家，所以不为国人所服。自不可信。也有以为泛指思贤人而不得。现代的一般学者，则以为是一首情诗。诗中的主人公是男是女，难以确定，是追寻还是望洋兴叹的怀念，也不可知。

“伊人”的原义为“这个人”，后人由此引申，往往作为情人或心中人的代称。五四新文学运动前后，“她”字还未被广泛使用时，有些小说便以“伊”字代“她”，如鲁迅的《补天》。

溯洄是水中逆流而行，溯游应是顺流而行，因为下面有道阻且长、道阻且跻（险峻）、道阻且右（迂回）三句，所以一说这是指陆行。其实有此三句，仍可解为人在水中，回顾两岸，长而迂险，由水及陆，反衬心情的焦急。在水一方，是指水的另一方，在水之湄，指水的涯侧，在水之涘，指水的边缘。这些山边水际，都是他们游逛过的地方，目所睹而心所留。芦荻苍苍，清波盈盈，白露横空，一往情深，这样的环境，本来是情人相会的理想所在。但这时人去景在，露已成霜，正是“人面不知何处去，桃花依旧笑春风”，不觉神思颠倒，心台摇荡，恍惚之间，一会儿好像在这边，一会儿又好像在那边，下文的“宛在水中央”三句的“宛在”，便是注脚，前呼后应，一意双摹。他试图从“水一方”去寻觅，于是先经过逆流，又反身沿着顺流，终于找到了，仿佛是在水中央。一阵风来，水面上浮动着露珠，露珠融散了，她的鬓光衫影，笑窝羞晕随即出现了。

这是一刹那间的幻觉，却具有“透澈玲珑，不可凑泊”艺术上的机趣。诗中人的怅惘是不难想见的，却不凭藉夸张性的强烈情绪来表现，两千年前诗人能捕捉这种幻觉心理，实在大可叹服。朱光潜论唐人钱起《湘灵鼓瑟》的“曲终人不见，江上数峰青”两句，说是“消逝之中有永恒”，似乎也可移用于《蒹葭》。

曹聚仁的《笔端》中，有一篇《蒹葭苍苍白露为霜》，他说：“依我推测，当那个男人送他的爱人归去的时候，两人沿着河边走了一阵，手攀了蒹葭的长叶相对站了一回；那女的终于过河去了，他俩是分别了。隔了许久时日，那女的并不曾回来，也许连一点音信也没有。那男的孤独地在河边来来去去，心中烦躁不安，忽然看见蒹葭的长叶，叶上铺着一层浮霜；那长叶刺进了他的心，于是他低声唱道（此诗）。”他以为诗人借物起兴，选取寄托情绪的对象是第一件事。这也可为《蒹葭》作一别解。

《秦风》中还有一首《晨风》，其第一章云：

鴥（鸟疾飞貌）彼晨风，郁彼北林。未见君子，忧心钦钦。如何如何，忘我实多。

此诗或以为女子见弃于男子，或以为女子思念情人，可见《秦风》写男女之诗并非没有。是的，两性之间的喜怒哀乐的感情生活，也总是诗人敏感的题材。

三良之死

秦国至襄公时始为诸侯，至穆公时战胜晋国，扩地到黄河边上，剪灭十二个戎国，成为西方霸主，周襄王还派大臣到秦国，赏以铜鼓十二只。春秋五霸，秦穆公即其一。穆公所以能成霸业，主要由于能广用异国的人才，又能悔过罪己，不逞血气之勇，如《尚书·秦誓》记他战败后的自谴说："责人斯无难，惟受责俾如流，是惟艰哉。我心之忧，日月逾迈，若弗云来。"这是说：责备人家的过错是不难的，别人对自己过错的责备，能够从善如流，这就难了。现在我担忧的，便是岁月不再重来，自己已经衰老，要后悔也来不及了。话说得很恳切，并非借此装点。

可是他临死时，却做了一件大错事，受到后世的责难，这就是命子车氏的三兄弟奄息、仲行、针虎殉葬，世称他们为三良，《秦风·黄鸟》即咏其事：

一

交交黄鸟，止于棘。谁从穆公？子车奄息。维此奄息，百夫之特。临其穴，惴惴其栗。彼苍者天，歼我良人。如可赎兮，人百其身。

二

交交黄鸟，止于桑。谁从穆公？子车仲行。维此仲行，百夫之防。临其穴，惴惴其栗。彼苍者天，歼我良人。如可赎兮，人百其身。

（第三章咏鍼虎，略）

这是以黄鸟起兴，意思是，那鸣叫着的黄雀尚能飞翔于树林，三良却不能寿终于家中。百夫之特的“特”是匹敌，和下文的百夫之防都是形容三良的勇猛，武艺能够以一抵百。末句人百其身，是说假如能抵赎的话，我们用一百个人的生命去交换也甘心。全诗都是用哀伤同情的口吻，但“临其穴，惴惴其栗”七个字，便使全诗笼上恐怖阴森的气氛，读者掩卷想一想，这又是何等惨烈凄厉的景象，三个活生生的英武的壮士，眼看被埋在深暗的地窖中。《史记·秦本纪》说：“秦缪（穆）公广地益国，东服强晋，西霸戎夷，然不为诸侯盟主，亦宜哉。死而弃民，收其良臣而从死。”三良之死在后，穆公之不为诸侯盟主，实因秦国僻处西北，夹杂戎狄之俗，所以被华夏诸侯看不起，不让秦国参与盟会。

三良是秦国英雄，也是穆公所心爱的，他们的殉葬，究竟是被迫还是自愿？

据《史记》正义引应劭之说：穆公和群臣酣饮时，曾说："生共此乐，死共此哀。”于是三良“许诺”。等到穆公逝世，三良乃践约从死。所以有人以为“临其穴，惴惴其栗”，是指旁观的人。三良既然许诺在前，不至于有惴惴其栗的恐惧之感。三良酒酣时的许诺，当是事实，但实际还是出于胁迫，所以王粲《咏史》有“临没要之死，焉得不相随”之语，“要”就是要挟、胁迫，诗的“歼我良人”也寓迫死之意。这是性命交关的事情，即使许诺在前，一旦身临窟穴，又听到丧人号哭之声，怎能没有战栗之感？

苏轼《秦穆公墓》的七古前[①]，附有苏辙诗，他们兄弟两

---

① 今陕西凤翔城内东南隅有一大土冢，相传为秦穆公墓。三良冢在附近，本坐南向北，和穆公墓对面而立，以示怨恨，清陕西巡抚毕沅将碑改成南立，以示甘服。实嫌多事。

人的见解便不同。苏辙说："三良百夫特，岂为无益死？当年不幸见迫胁，诗人尚记临穴惴。"末云："三良殉秦穆，要自不得已。"这是符合真相的。苏轼则说："乃知三子徇公意，亦如齐之二子从田横[1]。古人感一饭，尚能杀其身。今人不复见此等，乃以所见疑古人。古人不可望，今人益可伤。"正如纪昀所说，这是借他人酒杯，浇自己块垒。换言之，苏轼是在翻《黄鸟》诗的案，苏辙则在翻其兄诗的案。

殉葬之风始于殷代，秦国此风特别酷烈，当时殉穆公之死的共有一百七十七人，三良只是其特出的代表。穆公的伯父武公死时，殉葬的也有六十六人。战国时，秦宣太后宠幸面首魏丑夫，病重时，命令说："我下葬时，必以魏子殉葬。"魏丑夫闻而惧，大臣庸芮问太后说："你以为死者为有知乎？"太后说："无知也。"庸芮说："既然明知死者无知，何必徒以生前所私之人，陪葬无知之死人？如果死者有知，那么，先王（指宣太后丈夫秦惠王）积怒已久，太后悔过还来不及，怎么能和您的宠儿私葬在一起呢？"太后听了，只得作罢。（见《战国策》）后来秦始皇死后，他的儿子胡亥下令

① 田横自刎后，汉高祖欲封其两个门客为都尉。到田横以王礼被葬后，二客穿过坟边，也自刎以殉。

说：凡是始皇后宫的妃嫔，没有生过儿子的一概从死。《史记》只说“从者甚众”，未言具体数字，但秦都咸阳二百里内，有宫观二百七十所，其中的妃嫔自然很多，殉葬的绝不是一二百名。

《左传》宣公十五年，记魏武子生病时，对他儿子魏颗说：我死后，一定要将我的爱妾嫁出去。到病危时，却说：一定要让她殉葬。武子死后，魏颗便将她出嫁。理由是人到病重时，神志昏迷，我应当听从父亲清醒时的话。后来辅氏之役，魏颗见一老人把草打成结来阻拦敌方的杜回，杜回绊倒在地，所以被俘。夜晚梦见老人说：我是您所嫁女人的父亲，您履行父亲清醒时的话，我为此而报答。后世便以“结草”作报恩之喻。《檀弓》中也记陈乾昔患病时，对他兄弟及儿子陈尊已说：我死后，要盛以大棺，使二婢子（妾）夹侍我。乾昔死后，尊已说：殉葬非礼也，何况又同处一棺。结果没有将二婢杀死以殉。这都说明当时殉葬之风的盛行，自然也与神灵迷信有关，魏颗和陈尊已等，都是代表早期具有人道思想的先驱。但殉葬之风，始终未曾断绝，清人入关前，尚有这种蛮俗，如清太祖努尔哈赤死后，便有三个妃子殉死，其中一个那拉氏，就是多尔衮的母亲。

据后汉服虔说：“杀人以葬，旋环其左右曰殉。”《墨子·节葬》说：“天子杀殉，众者数百，寡者数十，将军大夫杀殉，众者数十，寡者数人。”可见是杀了之后再殉葬的，殷墟发掘的遗迹，就有不少是无头的尸体，这是实物上的证明，我们光是从照片上看看，书本上读读，就够令人毛骨悚然了。

郭沫若在《中国古代社会研究》中说：“殉葬的习俗除秦以外，各国都是有的（就是世界各国的古代也都是有的）。不过到这秦穆公的时候，殉葬才成了问题。殉葬成为问题的原因，就是人的独立性的发现。”这也说得很有道理。俑的创造，便是对人的价值的新认识的标志。

申包胥哭秦庭

申包胥哭秦庭是一件著名的历史故事，《左传》、《战国策》、《史记》皆记其事，刘向《新序》卷七称申包胥为节士。故事发生于公元前506年。

申包胥和伍子胥都是楚人，本来相友好，伍子胥父兄被楚平王所杀，自己逃亡在外时，曾对申包胥说：我一定要覆灭楚国。申包胥说：那您就去尽力而为，不过您能覆灭它，我一定能复兴它。

伍子胥逃奔到吴国，和孙武共佐吴王阖闾伐楚，两军在柏举（在今湖北麻城境）展开激战。阖闾的兄弟夫概王抢先进攻，楚军正在烧饭，吴军赶到，楚军奔逃，吴军居然吃了楚军的饭又去追击。经过五次战斗，终于攻入楚国郢都，即今湖北江陵境内。伍子胥掘开楚平王之墓，鞭尸三百下。

楚昭王徒步渡过睢水与长江，进入云梦泽，睡觉时被强盗以戈袭击，王孙由于用背去挡，被击中肩膀。楚王逃到郧地（在今湖北安陆），楚国大夫钟建背着楚王妹妹季芈跟了上去。郧公辛之弟斗怀欲杀楚王，说："平王杀了我父亲，我杀死他的儿子，不也是合理吗？"幸被斗辛所劝阻。后来昭王又逃到随国。

这时申包胥往秦国乞师求援，说：吴是封（大）豕长蛇，一再吞食上国，我们的国君现流离在丛林之中，吴国的不知满足的本性，对秦国也是祸患，乘着吴国还未安定，君王也可平分楚国，如要仗君王的福泽抚临楚国，楚国世世代代会奉事君王。这是婉转的说法，实际是以卑词屈情打动秦王（秦哀公）。

秦王派人安慰申包胥，要他先安歇一下，对他的要求和大臣商量一下再说。申包胥说：敝国的国君还流离在草莽丛林之中，没有安身之处，下臣哪敢安心去住宿。便身靠庭墙，日夜哭泣，七天不喝一勺水，神志昏迷。秦王急了，连忙将他救醒。秦王为他赋《无衣》之诗，申包胥叩头九次然后坐下。接着，出动兵车千乘，士兵万人，由秦国的子蒲、子虎两员大将率领，后来秦、楚两军在稷地会合，大败吴国的夫概王于沂地。

昭王复国后，便论功行赏，其中有王孙由于、钟建、申包胥、斗怀等多人，昭王叔父子西说：应将斗怀去掉，因为他曾经想杀死昭王。昭王以“大德灭小怨”的道理来疏导子西，因为斗怀最后还是听从其兄劝阻，未将昭王杀害。

申包胥说：我是为了国君，不是为了自己，如今国君既然安定了，我还希求什么？而且我很恨子期（斗辛之父，为平王所杀）的自恃有功，贪求无厌，难道还能学他？便逃遁不再受赏。

楚王打算把妹子季芈嫁人，季芈说：身为女子，应当不让人接触，我已经给钟建背过了。昭王只得将她嫁给钟建，并任钟建为乐尹。

《东周列国志》第七十七回《泣秦庭申包胥借兵，退吴师楚昭王返国》，大体上符合正史，写得也很生动。

下面是秦哀公所赋的《无衣》原诗：

一

岂曰无衣？与子同袍。王于兴师，修我戈矛，与子同仇。

二

岂曰无衣？与子同泽。王于兴师，修我矛戟，与子偕作。

（三章略）

古代所谓袍指长袍，但士兵的袍稍短。衣中衬棉絮者为袍，贴身的内衣为泽，因为内衣是受汗泽，相当于现代的汗衫。军服的式样一律，表示军容整齐。后世即以军人之间的情谊称“同袍”或“袍泽”，以齐心击敌称“同仇”。

此诗首尾呼应，以同袍喻全军协力，以同仇喻一致对敌。但前人因申包胥乞师事时代很晚，所以产生疑问。王夫之《诗经稗疏》坚主是秦哀公答申包胥之诗。笔者以为此诗当是早期的秦国军歌，意气颇为激昂，秦哀公既然答应申包胥出师援楚，便以此诗来慰答包胥。

国小情歌多

周武王封舜的后人妫满于陈，都城宛丘，即今河南淮阳，国土有今河南东部及安徽北部。公元前481年，即春秋最后一年，被楚国所灭。

陈是小国，存诗十篇，绝大部分是写男女爱悦的情歌，仅次于《郑风》，魏源《诗古微》卷十便说“陈风之淫，不减卫郑”。第一首的《宛丘》，第二首的《东门之枌》，有人说是情诗，有人说是讽刺陈国巫风之盛，即使是讽刺巫风，其中也有男女借此机缘挑逗游逛，如同后世的庙会，《郑风》的《溱洧》便是趁上巳日狂欢一回。

先看看《宛丘》：

一

子之汤兮，宛丘之上兮。洵有情兮，而无望兮。

二

坎其击鼓，宛丘之下。无冬无夏，值其鹭羽。

三

坎其击缶，宛丘之道。无冬无夏，值其鹭翿。

汤即荡，形容舞姿的蹁跹。宛丘本是中央宽平的圆形高地，后来成为专名。鹭羽和鹭翿都是鸟羽织成的舞具，形似扇或伞，可以执在手中，也可戴在头上。也有树雉尾于竿，执而舞之。鼓是小鼓，缶是瓦盆，古人用以节乐。渑池之会，蔺相如曾强迫秦王击缶。

《淮南子·修务训》有一段记述古代舞蹈的动作："今鼓舞（合乐以舞）者，绕身若环，曾挠摩地，扶旋猗那，动容转曲，便媚拟神。身若秋药被风，发若结旌，骋驰若鹜。"大意是：身子环绕于广场后，随即高弯其身触地，表现出灵活而柔美的姿势，面部露出变化的表情，向观众报以出神的媚态，全身如同白芷临风那样柔弱。由于动作紧凑，本来结住的头发也像旌旗一样由卷而舒展，步伐的迅速则像野鸭的飞翔。

《淮南子》是西汉人著作，由此可推想先秦时舞蹈的一斑。

再看看《东门之枌》：

一

东门之枌，宛丘之栩。子仲之子，婆娑其下。

二

榖旦于差，南方之原。不绩其麻，市也婆娑。

三

榖旦于逝，越以鬷迈[①]。视尔如荍，贻我握椒。

这首诗中的女子姓氏也已指出：她是子仲家的女儿。在白榆成荫，柞木密植下面，她婆娑起舞。时间是吉日良辰，地点是南方平原。欢乐使她麻也不想织，还到市集上来跳舞（市集应是麻的交易地方）。由于接连几日风光明媚，因而一再同去。他望着她的舞姿，就像一朵盛开的淡紫色荆葵花，这已经够他消受了，不想还送给他一把芳香的花椒。

---

① 越，发语词。鬷，同行。迈，往赴。

《宛丘》中的男子，是自己虽有求爱的诚意，却无法得到接近而失望，这首诗中的男子要幸运得多。舞蹈在两性间常常起媒介作用，今天还是这样。

东门大概是男女约会之地，《陈风》中一再提到，《东门之池》第一章说：“东门之池，可以沤（浸）麻。彼美淑姬，可与晤歌。”这是写两人在东门相会后，相对而歌。另一首是《东门之杨》：

一

东门之杨，其叶牂牂。昏以为期，明星煌煌。

二

东门之杨，其叶肺肺。昏以为期，明星晢晢。

诗中的主人公是男是女，无法确定。“牂牂”和“肺肺”都是叶子茂盛貌。这正是“月上柳梢头，人约黄昏后”的先声。末句以“明星煌煌”作结，虽未明言，但读者已体味到等待者在满天明星时的怅惘心情。

《楚辞·大招》：“丰肉微骨，调以娱只。”又云“曾颊倚耳”，意为肥厚的双颊可与两耳靠近。《诗经》中描摹的女子，没有以瘦得弱不禁风为美的，大都是体态丰腴高大，气色红润，《陈风·泽陂》第三章："彼泽之陂，有蒲菡萏。有美一人，硕大且俨。寤寐无为，辗转伏枕。"俨是端庄，指气度，硕大指形状，这也反映了先秦人的审美观，硕大才美。现代女性择偶，对对方的身体高度也很重视，生得矮小的男子便要吃亏些。

还有一首《防有鹊巢》：

一

防有鹊巢，邛有旨苕。谁侜予美？心焉忉忉。

二

中唐有甓，邛有旨鹝。谁侜予美？心焉惕惕。

防是堤防，邛是土丘，苕是草类，中唐是院中，鹝是绶草。读者先思索一下，这首诗的主题究竟在说什么？

全诗的关键全在这个冷僻的"侜"字，它的原义是欺骗、撒谎，章太炎《新方言》二："今人谓妄语为侜狂，或曰胡侜，俗作诌。"

原来有人把他的爱妻或情人欺骗去了。

堤防非鹊筑巢之所。苕、鹝都不应长在高丘，中唐非甓砖之地，所以这些现象都是反常的，使人忧惧的。一字之微，就关系全诗的原貌。

最奇特的是《月出》：

一

月出皎兮，佼人僚兮。舒窈纠兮，劳心悄兮。

二

月出皓兮，佼人懰兮。舒忧受兮，劳心慅兮。

三

月出照兮，佼人燎兮。舒夭绍兮，劳心慘兮。

僚、懰、燎的单字，窈纠、忧受，夭绍的复词，三百篇中仅此一见。这些字都有声韵上的关系。前后三句都是上二字成双，下一字单，第三句却是上一字单，下二字双。此诗的真实意义，前人皆不甚明白，却很受文学上的欣赏，张尔岐《蒿庵闲话》卷二说："《月出》一章，用字多不可解，姑以意强释之。……男女相悦，千痴百怪，诗可谓能言丽情矣。"戴溪《续吕氏家塾读诗记》卷一说："亦有沉溺于情，不能自克，至于缴绕憔悴而不可支者，《月出》之类是也。……其情若此，亦可悲矣。"方玉润《诗经原始》说得更妙："此诗虽男女词，而一种幽思牢愁之意固结莫解，情念虽深，心非淫荡。且从男意虚想，活现出一月下美人，并非实有所遇，盖巫山洛水之滥觞也。不料诸儒认以为真，岂不为诗人所哂？"用现代话来说，此诗的特色，就是以独特的手法，写出了感情上的干扰。诗人静夜枯坐，举头望月，于是忧惧、心跳、烦躁便百感袭来，不能自制。

有女采桑

陈桓公病危时，他的异母弟陈佗杀死了桓公太子免，自立为国君。国内发生祸乱，人民流散，所以讣告发了两次。不久，陈佗也被蔡国人杀死。《陈风·墓门》相传即咏其事：

一

墓门[①]有棘，斧以斯之。夫也不良，国人知之。知而不已，谁昔然矣。

二

墓门有梅，有鸮萃止。夫也不良，歌以讯之。讯予不顾，颠倒思予。

---

① 墓门，一说为陈国都城的一个门。

有人说，这诗其实是在讽刺桓公的姑息养奸：墓门长上枣树，便用斧头去砍劈它，这个人的恶劣，国内谁不知道，知道了还不制止，这错误早就注定了。

墓门种着梅树，可怕的猫头鹰却聚集在上面，这个人的恶劣，必须用诗歌来儆戒，儆戒了却不理我，如今你已跌倒在地，该会想起我。（只是来不及了）

由于民歌流传广远，便又引出一件故事，刘向《列女传·陈辩女传》说：晋大夫解居甫出使到宋国，路过陈国，看见一个采桑的女子，便向她调戏说："你若为我唱一支歌，我就放过你。"采桑女便唱了《墓门》第一章。解居甫说："再为我唱第二章。"她只得再唱。解居甫说："梅树倒还在，猫头鹰却在哪里？"这也是调笑她的话。采桑女答道："陈是小国，夹处在大国之间，延续了几年饥荒，加上兵役，连人都死了，何况猫头鹰呢？"解居甫便放过了她。

妇女采桑养蚕，本是很普通的事，富的穷的都在采摘，可是古代却流传着一些传奇性的故事，秋胡妻便是著名一例，这故事也见于《列女传》，称之为"洁妇"。

鲁国秋胡结婚五天后，便到陈国去做官，五年后在回家途中，见一采桑妇人，心中很爱慕，便下车用话挑逗说："我走得累了，想在桑荫下吃些干粮，休息一会儿。"妇人采桑不理。秋胡又说："力田不如逢丰年，力桑不如见国卿。我有金子，想送给夫人。"妇人严词拒绝，说："我不要你金子，希望您也不要有别的意图。"秋胡只得离去。回到家中，以金奉给他母亲，母亲将媳妇叫来，一见之下，竟然是采桑的妇人，不觉自惭，秋胡妻责备他说："你一去五年，好容易归来，就得快马加鞭回到家中，不料见了路旁女人，便拿出金子引诱，这是忘掉母亲，忘母不孝，好色卑污，日后怎样事君处家做官？我不忍看到你改娶（意为秋胡将来还是要另娶别人的），也不想嫁人。"最后投河而死。

秋胡戏妻故事，曾经改编为京剧，而京剧《武家坡》，也有薛平贵试妻故事。秋胡在途中始终不知道采桑女即是其妻，薛平贵和王宝钏交谈后即已知为妻子，却还要试探她是否贞节，便也用银子引诱。在秋、薛这样男人心中，满以为金银可买到所有女人之心。王宝钏如果真的上了他的当，和他发生私情，便要抽出身边宝剑，将她杀死。但薛平贵不想一想，他在西凉国时，不是已经娶了代战公主吗？那倒真的说得上"夫也不良"了。（《墓门》中的"夫"字非指丈夫）

提起秋胡妻，很自然地想起秦罗敷拒绝使君引诱事，乐府《陌上桑》（一名《日出东南隅行》）即咏其事，这故事大家已很熟悉，不必多说，但前面的"秦氏有好女，自名为罗敷。罗敷喜蚕桑，采桑城南隅”的情节，略与秋胡妻类似，都是开始于道旁采桑时节，所以梁王筠《陌上桑》有“秋胡始停马，罗敷未满筐”语，李白也有“使君且不顾，况复论秋胡”语。京剧《秋胡戏妻》也说“前影儿好像罗氏女，后影儿好像我妻房”，剧中也改变为秋胡已知是其妻，更与《武家坡》相似了。

罗敷未必实有其人，《孔雀东南飞》说“东家有贤女，自名秦罗敷”，就像后世以西施作美女的代称，李白《子夜吴歌》之一“秦地罗敷女，采桑绿水边”，则以秦为罗敷原籍，崔豹《古今注》说是邯郸人。现代也有以罗敷作为有节操的有夫之妇的代称。

《乐府诗集》卷二十八，收录了不少篇咏采桑的诗，其中写采桑时的动作、表情、心理和肢体，都极尽刻画之致，她们的服饰都很华丽。为什么诗人如此感到兴趣？因为不但可以抒情，还可表现他们的审美趣味。《豳风·七月》的“女执懿筐，遵彼微行，爰求柔桑”，这是最古的也是很朴素的写女子之采桑，却可以唤起人们多少美感上的联想。

民间的故事或传说，来源往往只有一个，情节也较简单，后来经过加工，便起了变化，或者在结局上有了改变，上述京剧《武家坡》的试妻，可能受了传说中秋胡妻故事的影响，而京剧的《秋胡戏妻》，最后以喜剧形式结束，即由秋胡之母做和事老，命他向其妻认错赔礼，这也是传统的大团圆心理，如同元杂剧的《窦娥冤》（即《六月雪》），到明传奇《金锁记》，便改为窦娥临刑得救了。

多夫的夏姬

宋代梅尧臣《范饶州坐中客语食河豚鱼》末两句说：“甚美恶亦称，此言诚可嘉。”河豚的美味是有名的，但它的毒性也和美味相等。这句话的出处见于《左传》昭公二十八年：晋叔向欲娶申公巫臣氏，叔向的母亲因这个姑娘是夏姬之女，阻止说：“吾闻之，甚美必有甚恶。”但晋平公硬要叔向娶了她。

夏姬又是什么人呢？为什么不能娶她的女儿？和下面这首《陈风·株林》又有什么关系？

夏姬是郑穆公少妃姚子的女儿，长得十分娇美，说出来令人咋舌，据刘向《列女传》说，她是老而复壮，“三为王后，七为夫人，公侯争之，莫不迷惑失意”。

她的第一个丈夫是陈国大夫夏御叔，生了儿子夏徵舒。御叔死后，她住在株林（今河南华县西南夏亭镇之北），便和陈国国君灵公、大夫孔宁、仪行父同时私通，如《东周列国志》所说，“都是酒色队里打锣鼓的。一君二臣，志同气合”。他们荒唐得竟把夏姬的衵衣（贴身内衣，古代叫亵衣）穿在身上，公然戏谑于朝廷。泄治劝告说：“君臣宣淫，百姓无所效法，声名也必狼藉，君主还是将那件衵衣藏起来好。”灵公说：“那我改过好了。”灵公把话告诉了孔宁和仪行父，两人想杀掉泄治，灵公也不制止，泄治因此被杀害。孔子说：“诗云：‘民之多辟（僻），无自立辟（法）。’这话也可为泄治而说吧。”意思是，邪风已经遍及民间，不要再自去立什么法了。孔子借《诗经》的话，哀叹泄治在无道之君统治下，却不明哲保身，说些犯忌的话。

有一次，灵公和孔、仪两人在夏徵舒家喝酒，灵公对仪行父说：“徵舒长得像你。”仪行父回答说：“也像君主。”徵舒听着，极为羞恨。等灵公出去，便从马房里射出箭来，将灵公射死，孔、仪逃亡到楚国。可见这时夏徵舒已经长大。

在古代，即使国君昏暴，臣下也不能杀死他。以臣杀君，便有一个特定名称叫“弑”，弑君就是大逆不道。例如隋炀帝那样皇帝，被宇文化及逼死，史家一面评责炀帝有种种过失，但他既为“天下共主”，宇文化及也成为犯上作乱的元凶大恶，实际上炀帝父亲文帝，也是炀帝害死的。

次年（公元前598年），楚庄王（五霸之一）听说夏氏作乱，便攻打陈国，将夏徵舒杀死，把他车裂于栗门，又把陈国设置为县。申叔时举古代老话说：“‘牵牛践踏别人田地，便把他的牛夺过来。’牵牛者固有错，但把他的牛也夺过来，未免处罚得过分了。君主以伐罪号召诸侯，却以贪欲了结，恐怕不合适吧。”楚王闻而称善，重新封立陈国，由灵公儿子成公即位。

夏姬也确有迷人的魅力，楚庄王一见，就想收纳她。申公巫臣说：“君王讨伐有罪是对的，如今如果收纳夏姬，就为了贪图美色了。”庄王只得作罢。大将子反也想娶夏姬，巫臣又来劝阻，历举为夏姬而死的许多人，并使陈国灭亡的事例，实在是个不祥的女人，“天下多美妇人，何必是”？子反也作罢了。庄王便给了连尹襄老。后来襄老在战地中被杀，尸首未找到，夏姬又和襄老儿子黑要私通。

申公巫臣原是劝阻庄王和子反娶夏姬的，说的理由也很堂皇，不想暗中对夏姬示意说：“你回到娘家郑国去，我便来娶你。”又派人从郑国来召回她：“襄老尸首可以得到，但必须你亲自去接。”夏姬告诉了庄王，庄王便问巫臣，巫臣说：“这话该是可信的。”并举了一番道理。庄王信以为真，便让她回去。夏姬对送行人说：“得不到尸首，我不回来了。”

不久，巫臣到了郑国，得到郑襄公（夏姬的兄弟辈）允许，娶了夏姬。后来楚共王即位，准备发动阳桥之役，派巫臣到齐国聘问，巫臣就将全部财产带走，到了郑国，便偕夏姬逃至晋国为大夫，替晋国通好吴国，联合抗楚，又使他儿子狐庸任吴国行人之官，给楚国很大威胁。从上面叔向之母的话来看，夏姬还给巫臣生个女儿。

以上是根据《左传》和《列女传》撮述的，下面再录《株林》：

一

胡为乎株林？从夏南。匪（非）适株林，从夏南。

二

驾我乘马，说于株野。乘我乘驹，朝食于株。

这首诗写得巧妙曲折。夏南即夏徵舒，“说”是停车休息。第一句故意作出问意：为什么要到株林去？自然去会夏姬，却偏回答说，因为要探望夏徵舒。接着，还反复说，去往株林，并无他意，只是去望夏徵舒，真是“此地无银三百两”。第二章末句，更是不打自招：如果真的去看望夏徵舒，何至于连早饭也在那边吃？《郑笺》说：“匪，非也。言我非之株林从夏氏子南之母为淫泆之行，自之他耳。觝拒（抵赖）之辞。”吕祖谦《吕氏家塾读诗记》说：“灵公君臣相戏于朝，犹不知耻，亦何觝拒之有？”说得极是。连夏姬的衵衣都穿着上朝了，还要遮啥羞？这是诗人故意用隐晦的手法来讽刺，却非如前人说的存厚道之心。

马振理《诗经本事》卷十八说：“夏姬之人不足道，而夏姬之事，却关于春秋五伯最后之政局，及五伯以后之政局甚大。盖五伯之后，吴越代兴，句吴之崛起一隅，实由申公巫臣之嗾使，嗾使之原动力，则由夏姬，然则五伯结局后之政局，谓由夏姬一人启之可也。孔子正乐而有取于《陈风》，又有取于夏姬之诗，是明告天下后世，星星之火，可以燎原也。”这话虽有些夸张，却见得这个多夫的女人和当时政局关系的密切，而且一和她发生了私情，也等于在跟祸害相亲，所以宋代梅尧臣要将夏姬与河豚并比。

服饰的历史特色

桧（即郐）国疆土在今河南中部，都城在密县东北五十里。国君姓妘，最初受西周封爵者不知何人，东周初年被郑国所灭。《左传》襄公二年，记吴季札观乐于鲁，对各诸侯国的乐歌都有论赞，对桧国，则说：“自郐以下，以其微也，无讥也。”讥是评论。意思是，桧国以下的国风都是国小政狭，只能置而不论，后人常以“自郐以下”比喻不值一谈的事物。

《桧风》共四篇，第一篇为《羔裘》，前人说这是因为国小而受迫，君主还讲究衣饰，逍遥自在而不在政治上振作，因此作此诗讽刺。理由不很充足。也有人说，贵族妇女因失宠而独处，暗自心伤，故作此诗，希望丈夫回心转意。

二

羔裘逍遥，狐裘以朝。岂不尔思？劳心忉忉。

……

三

羔裘如膏，日出有曜。岂不尔思？中心是悼。

这首诗没有什么特别内容可说，却想借此谈谈古代的服饰。

服饰是人类的特殊创造，起先只为保护身体，后来又发展为人对美化自身的要求，因而是文化生活中的重大贡献。

本诗中的裘即皮衣，古文作“求”，像下垂的形状。现代人们穿的皮袍，都是将裘内向，不露于外，古代的裘却相反，裘上另加外衣，叫裼，又把裼的两袖卷起以露其裘之美，表示尊敬。刘向《新序》卷二：魏文侯出游，见路人反裘而负刍（草），魏文侯感到奇怪而问之，答道：“臣爱其毛。”文侯说：“你难道不知道里面（指皮）一尽，毛无所依恃吗？”因为将裘内向，易使里皮受到摩擦，也即“皮之不存，毛将安傅”之意。

那个路人穿着的反裘，现在妇女的皮大衣，就是这样制作的，在魏文侯时候却是一种怪现象了。

本诗中说的狐裘、羔裘，为古代通常所服之裘。班固《白虎通义》：古代禽兽众多，为什么独取狐羔？他以为这是狐死首丘（传说狐狸将死，头必向出生的山丘），羔羊跪乳的缘故。这种道德上的附会，更为可笑。实际还因狐羊易得，其裘又暖。羊有膻气，故取胎羊或乳羊。狐裘以狐白裘最为名贵，因为以狐腋下的白毛部分制成，所以需要用多只狐狸。《史记·孟尝君列传》，记孟尝君被秦国囚禁，将被秦昭王所杀，孟尝君使人到昭王的宠妾处要她说情，那位宠妾知道孟尝君有一件狐白裘，价值千金，天下无双，便说："妾愿得君狐白裘。"但这件狐白裘入秦时已献给昭王，更无他裘，最后靠一个能为"狗盗"的座客，于夜间潜入宫中，将所献狐白裘窃出给了宠妾，宠妾便向昭王进言，孟尝君才得释放。"狗盗"指披狗皮作狗形偷盗的人，在当时是一种特殊的职业。裘衣上有五个丝绳纽子，另一边有五个丝绳扣子，《召南·羔羊》中的"羔羊之皮，素丝五纶"，"羔羊之革，素丝五纶"，就是指裘衣上的纽和扣，也表现了先秦时的缝纫技术。

和狐裘同样名贵的为貂裘。貂是食肉小兽，明人宋应星《天工开物》说，一件貂皮的完成，要用六十余只貂，穿上以后，“立风雪中，更暖于宇下”。猎貂的方法有好多种，一种用烟火熏洞，迫貂出洞。一种用木板做成机关，拴上诱饵。一种侦察雪中貂的足迹，待其经过用箭射击。还有是利用猎犬追扑，貂受惊后窜逃树林，犬虽不能升木，却能盯住猎物，因而被射。

貂分布于中国东北，和人参、鹿茸称为“关东三宝”，清代在长白山设有“打牲乌拉”机构，主要为皇家猎取貂皮，《红楼梦》第六回，写凤姐见刘姥姥时，带着紫貂昭君套，石青刻丝灰鼠披风（斗篷），在她却是家常便服。

从先秦到明代，有一种“附蝉为文，貂尾为饰”的貂蝉冠，原为王公和武将所戴，后来因为戴的人多了滥了，因而有貂不足，狗尾续的笑话。

《桧风》的第二篇是《素冠》：

一

庶见素冠兮，棘人栾栾兮，劳心博博兮。

二

庶见素衣兮，我心伤悲兮，聊与子同归兮。

因为篇名是《素冠》，也有人以为是咏丧服的人。其实古人不居丧，也戴素冠，《孟子·滕文公》就记许子冠素。周密《癸辛杂识》记六朝和唐朝，天子日常所戴多是白纱帽，国子生亦戴白纱巾。古乐府《白纻歌》“质如轻云色如银，制以为袍余作巾”，那是全身都是白色。原来古代丧服以布料粗精为标准，不在色白。丧服分五等，即所谓五服，最重的为“斩缞”，用最粗的生麻布制成，断处外露，不缉边。这是儿子和未嫁女为父母，妻为夫的丧服，期限是三年。其次是“齐缞”，也用粗的生麻布制成，但剪断处缉边。这是为祖父母服一年，曾祖父母服五个月。最轻的为“缌麻”，用最熟的麻布制成，为堂房的曾祖父母，岳父母等服，期限三个月。《礼记·问传》说的“素缟麻衣”，指丧服，《曹风·蜉蝣》说的“麻衣如雪”，却是指贵族夏天所穿的白衣，也可作朝服。

帽是冠的现代称谓，冠由“头衣”发展而来，头衣是披在头上的皮或布。原是给幼儿披的，由于成人蓄发，须把结的发收容进去，于是而有冠，所谓“冠，贯也”。现代人冬夏都戴帽，头部温度增加了，秃顶的人也多了。看看极寒地带的人，有几个秃顶的？从北极熊身上，也可看到这一特征。

官多于民

周武王封他弟弟姬振铎于曹国，疆土在今山东西南部，建都于今定陶西北。今存《曹风》四篇，第二篇为《候人》：

一

彼候人兮，何（荷）戈与祋（殳）。彼其之子，三百赤芾。

二

维鹈在梁，不濡其翼。彼其之子，不称其服。

……

四

荟兮蔚兮，南山朝隮。婉兮娈兮，季女斯饥。

候人是道路上迎送宾客的官吏，总数有一百多人，除少数低级官员外，都属普通兵卒，所以肩上负荷着戈和殳的兵器。

彼其之子，指朝廷上平庸而享厚禄的人，都有红色牛皮制的蔽膝，曹是小国，赤芾的人数多至三百个。红色的蔽膝是大官所用，小官用青黑色。“蔽膝”为护膝的围裙，供跪拜时用。

鹈鹕是水鸟，食鱼，却用不着将翅膀沾水便能过日子，这种人，实在不配穿那样服饰。

第四章写候人值勤到天明，望着浓密的朝云从南山升起，想起自己娇美可爱的小女儿还在挨饿。

前人说，这诗是讽刺曹共公亲小人，远君子，并引僖负羁故事为证。

据《左传》僖公二十三年及《国语·晋语》，晋公子重耳（即晋文公）流亡在外，由齐国到达曹国时，曹共公闻悉他是“骈胁”，即肋骨相连如一骨，等到重耳洗澡，便从帘子外面窥望。身为国君，而好奇如此，其人可知。

曹国大夫僖负羁的妻子说：“我看晋公子和他随从者都很贤能，回到晋国，一定能得志，到那时如果声讨无礼的国家，曹国是第一个，您何不趁早做些与众不同的事情呢？”僖负羁便向重耳送一盘食品，里面藏着玉璧。重耳接受食品，退还玉璧。

僖负羁又向曹共公进言，要他对晋公子厚加礼遇，共公说："诸侯的出亡公子很多，哪个不停留这里？出亡的人本身便是无礼，我怎能尽礼？"僖负羁又用不礼宾不怜穷的道理告诫共公，共公仍不听从。

过了五年，晋军攻入曹国，责备曹人不任用僖负羁，"而乘轩者三百人也"。轩是曲辕有幡的车子，为卿大夫及诸侯夫人所乘，曹国却有三百人乘轩，这些人并无品德，所以要他们讲出功绩来。又下令不准进入僖负羁家中，赦免他的族人，以此报答旧谊。这却使紧随文公出亡的魏犨、颠颉发怒了，说："不为从亡有功的人打算，还说得上什么报答？"意思是，文公忘记了他们两人，只记得小恩小惠，便放火烧了僖负羁之家。

此诗中的"三百赤芾"和《左传》的"乘轩者三百人"相符合，原诗不一定专咏晋侯破曹事，但讽刺曹共公时国小俗奢，官多于民，名器枉滥，官又无德无能的腐败现象，当是事实。共公身边的小人，大概是一些暴发户。

到了公元前487年，曹国被宋国灭亡，事前又有一段离奇的故事。

起初，曹国有人梦见一批人站在国社（祭土神的地方）墙外，商量灭亡曹国。始祖曹叔振铎请求等一下公孙疆出来，大家答应了。到次晨梦醒寻找，曹国没有此人。这个做梦的人告诫他儿子说：“我死后，你听到公孙疆执政，必须离开曹国。”后来曹伯阳即位，喜欢打猎，曹国边境上居然有一个公孙疆，也喜欢射鸟，便拿一只白雁献给曹伯阳，而且陈述些射猎之事，深得曹伯阳的赏识，还以国之大事相咨询，任以司城（六卿之一）之职，做梦人的儿子便离开曹国。

公孙疆向曹伯阳讲说称霸之道，曹伯阳即背弃晋国而侵犯宋国。宋人伐之，晋国不来救援。

宋景公攻打曹国后，本想回去，宋大夫褚师子肥，居于行军之尾部，曹国人辱骂他，他便停下不走，全军只得等待褚师子肥。宋景公闻而大怒，就回兵灭了曹国，杀死了曹伯阳和公孙疆。公孙疆原是边境上会射鸟的人，却以射技为曹伯阳所宠任，也便是以嬖臣、幸臣成为赤芾阶层的权贵。曹国是小国，却想称霸，最后国灭君死。曹国人做梦的事，固然神怪不可信，但说明曹国不乏远见的人，类似公孙疆那样的新贵正在相继出现，这些人当了权，曹国必不安宁。

周朝的创业诗

周朝是中国历史上发出过金子一样光彩的朝代。夏曾佑《中国古代史》曾说："中国之有周人，犹泰西之有希腊。"有了周朝，中国的文化生活又得到有规模的创新和发展，农业水平也有了提高，所以，通过对《国风》的评介，说一说周朝创业史上的点滴，该是读者感到兴趣的。

周朝的始祖弃，是开始种稷麦的先驱者，居住于邰。到公刘时迁居于豳（唐改为邠），今陕西栒邑、邠县一带，即渭水流域，部落逐渐兴旺。公刘第十代孙子古公亶父（即太王），受到戎狄侵犯，搬迁到岐山下周原，在周原上筑城郭建屋室，设立官司，归附的人很多。后来又经过王季（太王子、文王父）、文王、武王的三世经营奋发，到武王时乃灭商而为天子，所以豳原是周朝的发祥地。《鲁颂·闷宫》说："后稷之孙，实维大（太）王。居岐之阳，实始剪商。至于文武，缵大王之绪。致天之届，于牧之野。”太王时还不可能有剪商的意图，诗中的剪商是指为文王、武王的伐商打下了基础，末句才是说武王在牧野（今河南淇县西南）兴师，大败商兵。

豳至西周亡后，其地为秦所有。《豳风》共七篇，都是西周作品。第一首《七月》，也是《诗经》中较长一首，共三百八十三字，描写豳地一年四季的农业生活，闻一多在《歌与诗》中比做“一篇韵语的《夏小正》或《月令》”。内容包括天文地理、草木虫鱼、衣食住行、男女老少、风土人情。光是动物，就有鸧鹒（黄莺）、䴗（伯劳）、蜩（蝉）、狐狸、豵（小猪）、豜（大猪）等十二种，植物更多了，有些古名，今天已不懂得。蚕本是野生在桑树上的，因其茧丝可以利用，后来便饲养在屋里。从本诗中“遵彼微行，爰求柔桑”和“蚕月条桑，取彼斧斨”这几句看，可见这时蚕已在室内饲养了。又如“同我妇子，馌彼南亩”，是说农夫和妻子、儿女一同送饭到田间，说明妇女也为公家的农事而做工，这在其他诗篇里也是少见的。诗中的角色，女的占一半。

第八章“二之日凿冰冲冲，三之日纳于凌阴”，这是说，十二月里凿开了冰块，到次年正月藏在冰窖中。当时已知道冰的防腐作用，还适用于尸体，《左传》昭公四年说：“大夫命妇，丧浴用冰”，并引《七月》为证。这冰是国君赐给死亡的男女贵族浴洗尸体的。

那么，《七月》的作者是谁？也有说是周公。当然不可靠。前人已有辩驳。作者应当是民间，即所谓闾巷之作。《诗经》中本多民歌，这一首却是长而好。诗中有一个特点，到现在还成为学者探讨的时令上的问题，第一章说：

> 七月流火，九月授衣。一之日觱发，二之日栗烈。无衣无褐，何以卒岁？三之日于耜，四之日举趾。

七月、九月指的月份，不必再说，一之日、二之日又是指什么呢？是指七月初一，九月初二吗？不是的。原来这四句是夏历和周历并用。七月、九月用夏历，一之日、二之日用周历正月、二月，意为在正月的日子，二月的日子里，在夏历便是十一月、十二月。觱发和栗烈形容风力的锐利，寒气刺骨，正是西北的寒冬时节。“无衣无褐，何以卒岁”，前人说是未然之虑，即告诫性的提示之词，并非穷到连过冬的棉衣也没有，就是说：如果不及早耕作，到冬天就要无衣无褐，又怎能过年呢？所以要大家在夏历的正月整理农具，到二月往田间翻土，织衣的麻也需要栽种的。

为什么要从七月说起？有人说，因为上半年已经消逝，下半年接着开始。崔述《读风偶识》中说：“七月火（大火星）虽西流，残暑犹存，距寒尚远，乃见星流即知寒之将至，先事而筹，则无仓卒之患。”固然言之成理。笔者却另有想法，虽然别无根据。

七月的夜晚，暑意还没完全消失，人们还要到原野去乘凉（西周时气候比现在暖热）。忽然，一颗红色的大星向西流去，高空中闪着刺眼的光芒，如同宇宙之流萤，这种奇异的夜景恰巧被一位民间诗人看到了，从一刹那间视觉的刺激里，时间观念便通过空间观念而出现，诗人便写下“七月流火”这一句，接下来是省去八月，紧接九月，因为八月还不太冷，九月才是秋风渐急的时候，才会想到“授衣”，黄仲则所谓“九月衣裳未剪裁”。九月之后，又略去十月而径说十一月、十二月，因为觱发和栗烈那样风力，用在这两月中才恰当。第二章里于九月后又略去整整一个冬天，径说阳光暖照，黄莺争鸣的春天。春天的影子已在诗人心中跃动，诗人急于要为她歌唱了。

《七月》共八章，从正月到十二月都写了，但散见于各章中，却没有“三月”，诗中的蚕月即指三月，就像以腊月代替十二月。

这首诗既具史料价值，又有民俗学上价值，更有艺术上的独特魅力，文学史上谈到《诗经》，无不推崇赞赏。如第五章：

五月斯螽（蚱蜢）动股，六月莎鸡（纺织娘）振羽。七月在野，八月在宇，九月在户。十月蟋蟀入我床下。

每句起首皆用月份，似嫌单调呆板，但每句用了动作性的动、振、入等字，就使这些小动物活跃起来，加上三个“在”字，又从活跃变为藏伏，从户外变为室内了。

以文学的眼光来鉴赏，前人中以崔述、姚际恒、方玉润为代表，姚氏以为此诗之妙，全在善用闲笔，“亦犹击鼓者注意于旁声，作绘者留心于画角也”。又云：“四章则由衣裳以及裘，又由裘以及田猎，闲而又闲，远者益远。五章终之以‘改岁’、‘入室’，与衣若相关，若不相关。自五月至十月，写以渐寒之意，笔端尤为超绝。”文章固忌跑野马，不可令人有丈二和尚之感，却又需要善于驱使闲笔，放得开，收得住。行云流水，似与人生无涉，但天地间怎能缺少？吴闿生《诗义会通》引旧评云：“《七月》篇生动处，太史（指司马迁）所本。全篇点缀时景，都与本事相映。皇皇大篇，极难收束，九月肃霜以下，句句用韵。颂扬作收，声满天地。”所谓“颂扬作收”，指末两句“称彼兕觥，万寿无疆”，用在古诗中，倒还得体而不惹厌。

于右任有《夜读豳风诗》云：“陨箨惊心未有期，烹葵剥枣复何为？艰难父子勤家业，栗烈农夫祝岁时。南亩于茅犹惴惴，东山零雨自迟迟。无衣无褐思终日，苦读周人救乱诗。”骚心先生的原籍为三原，曾见其石章曰“关中于氏”，与豳同在陕北。首两句含怀念家乡风土意。诗作于1944年的抗战时期，所以末句这样说。其人其诗，两两可诵。

女心为何伤悲

《七月》的第二章中，有这样的话：

> 七月流火，九月授衣。春日载阳，有鸣仓庚（黄莺）。女执懿筐，遵彼微行，爰求柔桑。春日迟迟，采蘩祁祁。女心伤悲，殆及公子同归。

这末两句是一个很有趣的问题，古今学者的理解截然不同。

按照某些古代学者的说法，这女子是已经许婚的闺女，“殆”是赶上，不是“大概”的意思，“归”是“于归”之归。这是说，她由满地阳光、柔桑摇曳的春景，想到不久就要嫁与公子（未婚夫），心里不免伤悲。结婚是喜事，为什么要伤悲？因为要离开父母兄弟。古代女子出嫁后，没有特殊理由，不能随便回娘家，即是所谓在家从父，出家从夫。就是在六七十年前，新娘上花轿前，她和母亲、姊妹，也有哭泣的。当时大部分婚姻，都不是自由结合，新娘是一个少女，丈夫品貌如何，家境如何，都不很清楚，一旦离开双亲，到一个陌生人的家里，又怎么不担忧伤心？《诗经》的《邶风》、《鄘风》、《卫风》中，都说到“女子有行，远父母兄弟”，三处的情节不尽相同，但远离父母兄弟，总是使女子兴悲的事，这种心理本来很自然而普遍，《七月》中的“女心伤悲”，就因为“远父母兄弟”缘故。姚际恒《诗经通论》以诗中的“女子”指女公子，伤悲的是另一个，即陪嫁之媵。在古代多妻制之下，固然有此风俗，但这种增字解经，并不符合原义。总而言之，这个女子的伤悲，只是个人因出嫁而产生的正常心理，别无复杂地方。

可是现代很多学者，也有将“同归”解释为被公子带走或抢了去的。这是以采桑女为民女，而公子必是统治阶级中人物，因此必是一个坏蛋，即仗势的恶少之类。郭沫若的《中国古代社会研究》中又将“许多野蛮民族的酋长对于一切的女子有‘初夜权’”的故事相比。

但从西周时代的历史看来，阶级的剥削和奴役，固然已经存在，妇女已处于依附地位，她们被玩弄污辱也是常见现象。

我们对周公制礼作乐那一套说法固然不能看得太认真，但这个时代毕竟和酋长统治的野蛮时代不同。诗中的采桑女子，可能是上层集团的女儿，出外采桑，在当时是常事，也可能是几个女子一同出来。那么，在人群众多的道路上，就可以公然抢走吗？这个（或这些）女子既然已害怕采桑后要被抢走带走，何必出来呢？这与事先没有估计的突然遭遇不同。笔者并不否认当时少数纨绔子弟对妇女有过调戏或强暴行为，只是就《七月》这两句诗而论，把它理解为像舞台上抹白鼻子的衙内那样，陌路相逢，一见美女，立即喝令爪牙强抢而去的情节，难以令人信服。戏毕竟是戏。

《郑笺》说："春，女感阳气而思男；秋，士感阴气而思女，是其物化，所以悲也。"这话倒有道理。方玉润《诗经原始》说：所谓公子，不过是诗人代采桑女拟了一个假想的对象。女当春阳，闲情无限，又值采桑，倍惹春愁，无端而念及终身，无端而感动目前，"且著此句于田野朴质之中，愈见丰神摇曳，可以化旧为新，而无尘腐气，亦文章之设色生姿法耳"。总之，从许多古人的解释中，虽说法纷歧，有一点是共通的：是采桑女的自诉心事，心事便是关系终身的婚事，伤悲中别有情焰在闪灼，可谓哀乐兼萦，即是所谓春意阑珊。如果真的是被抢走带走，古代解诗诸儒，也会以疾邪惩淫的口吻，对公子加以指斥，并为世道人心之叹，尽管他们是站在卫道立场上。

现代学者中，钱钟书《管锥编》第一册，《七月》一目中就开宗明义地注上“‘伤春’诗”三字，并说：“《召南·野有死麕》虽曰‘有女怀春’，而有情无景，不似此章之有暄日、柔桑、鸧鹒等作衬缀。”钱氏为此二语作了一千余字论证，引用了曹植、王昌龄、《牡丹亭》等伤春词句，引王昌龄“忽见陌头杨柳色，悔教夫婿觅封侯”句，尤为巧密。又引宋李觏《戏题〈玉台集〉》云：“江右君臣笔力雄，一言宫体便移风；始知姬旦无才思，只把《豳诗》咏女工。”李诗以《七月》为周公（姬旦）所作，由专载绮情诗的《玉台新咏》而想到《七月》的采桑女，所以钱氏说：“亦有见于斯矣。”李觏是个理学家，他也认为《七月》这两句是在写闺思。

周公恐惧流言日

白居易《放言五首》之三说："周公恐惧流言日，王莽谦恭未篡时。向使当初身便死，一生真伪复谁知？"

周公是周武王同母兄弟，周朝开国元勋，也是一个大政治家，颇为后人尊敬，他活着时，受过什么可怕的流言呢？

原来周武王灭了商纣后，封纣的儿子武庚为诸侯，但因不放心，便分商地为三部，命自己的兄弟管叔、蔡叔、霍叔为"三监"，监视武庚。又封周公于曲阜（即鲁国），但周公未往封地就任，留佐武王。武王病死，儿子成王继位。据《史记》说，成王还在襁褓之中，那还是一个婴孩或幼儿，恐不可靠。

因为武王才死，成王年幼，周公恐诸侯背叛，便自摄王位，代行国政。成王和大臣召公奭对周公有些怀忌，管叔、蔡叔疑心周公要篡位，散布流言说："周公将不利于成王。"武庚见有机可乘，便联合管、蔡和东方旧属国起兵反周。周公身处内外夹攻之际，极为艰险，便先向召公奭恳切解释，稳定内部，然后亲自率兵东征。三年后，杀了武庚和管叔（因为是罪魁），流放了蔡叔。他先宣称要将顽民（商的遗民，即“殷顽”）迁到今河南浚县东北黎水，因其地近旧商都朝歌，顽民满意，周公却觉得不吉利，又把顽民迁到洛阳。

但所谓管、蔡流言，并非全无来由。一是周公功高震主，手握军政大权，成王又是幼主，周公的举措必有许多专擅之处。二是当时离开商朝之亡未久，而商朝继位制度，有子承父位的，也有弟承兄位的，即兄终弟及。据王国维《殷周制度论》考证，商朝三十个帝王中，以弟继兄的有十四个。就周公的功劳、才能、威望、年长来说，所谓“国赖长君”，继武王而为天子，原是顺理成章，这时虽以摄政之名辅佐幼主，又怎能不引起别人的疑忌？

白居易诗中说“王莽谦恭未篡时”，这是指王莽篡位前，立孺子婴为汉帝，他自己即以“摄皇帝”名义临朝。明初燕王朱棣（成祖）夺其侄建文帝帝位时，曾对方孝孺说：“我想效法周公辅成王。”这时建文帝已自焚而死（一说逃亡出宫），孝孺问道：“成王在哪里？”燕王被问倒，只得说：“彼自焚死。”孝孺又问道：“那为什么不立成王之子？”燕王即以“国赖长君”来搪塞。后世争位者便常常假借摄政或长君名义来篡立。

据《尚书·金縢》篇说：在周公消灭了武庚以后，“公乃为诗以贻（成）王，名之曰《鸱鸮》”。《豳风·鸱鸮》是这样的：

一

鸱鸮鸱鸮，既取我子，无毁我室。恩斯勤斯，鬻子之闵斯。

二

迨天之未阴雨，彻彼桑土，绸缪牖户。今女（汝）下民，或敢侮予。

三

予手拮据，予所捋荼，予所蓄租。予口卒瘏，曰予未有室家。

四

予羽谯谯，予尾翛翛。予室翘翘，风雨所漂摇，予维音哓哓。

诗中假托母鸟，向鸱鸮（猫头鹰）说话。已经连儿子也被夺走了，不要再来毁坏我室家。可怜我这些孩子，都是我辛勤养大的。由室家想到窗户。趁天还未下雨，忙去取些桑皮和泥土，把窗户修筑得牢靠些，因为或许还有人来侮弄小鸟。

我的手已经不能自由伸屈，还得去啄拾芦苇，积聚垫窝，因而嘴也累坏了，却还不曾安顿好我的窠。最后，我的羽毛尾巴都枯萎凋零，那个窠依然摇摇晃晃，受着风雨的侵淋，怎不使我惨呼哀叫！

诗中的鸱鸮比武庚，“既取我子”的“子”比管叔、蔡叔，“鬻子”（幼儿）比成王，“室家”比周国。如果是这样，此诗应作于武庚被杀之前。

也有人以为只是一首禽言诗，和周公事不相干，却像汉乐府的《乌生八九子》。诗中写乌鸦所生八九子，端坐秦家桂树间，却被秦家荡子弹丸所杀。

继《鸱鸮》之后为《东山》：

一

我徂东山，慆慆不归。我来自东，零雨其濛。我东曰归，我心西悲。制彼裳衣，勿士行枚。蜎蜎者蠋，烝在桑野。敦彼独宿，亦在车下。

……

四

我徂东山，慆慆不归。我来自东，零雨其濛。仓庚于飞，熠燿其羽。之子于归，皇驳其马。亲结其缡，九十其仪。其新孔嘉，其旧如之何？

这首诗，也有以为是随周公东征的士兵，于乱平后还乡之作。共四章（二、三章略去），也是《国风》中优秀的抒情作品。

第一章写他从东山回来，适逢小雨，心则西向而悲，唐李频《渡江》的“近乡情更怯，不敢问来人”，正是这种反常而又正常的心理。这时他穿的还是战衣，猜想妻子必已为他在缝制常服，从此不必再衔枚行阵了。接着，他看到野蚕在桑树上蠕动，一个士兵却在车下蜷曲身子而息卧。野蚕原应蠕动于桑间，这个士兵为什么不归心如箭，急于返家呢？可见是有家难归。以人比己，哀乐分明。

最后终于回到家中，见到妻子，虽然细雨濛濛，黄莺的羽毛上却在发着光，也勾起了当年她出嫁时的旧情：车马盈门，马有赤色和黄色的，她的母亲为女儿结了佩巾，仪式繁多而隆重。她新婚时确实美极了，现在不是新娘子了，不知道又是怎样？

这末了两句，希望大家仔细体味体味，其中蕴涵着多少深情。诗人故意使用问句，言下之意，旧情自胜于当年，即新娶不如远归之意。姚际恒《诗经通论》说："末章骀荡之极，直是出人意表。后人作从军诗必描画闺情，全祖之。"说得很对。作战生还，固属大幸，还希望田园犹存，妻儿无恙。后人对"其新孔嘉，其旧如之何"两句，却作为男子的弃旧恋新的比喻。

诗的第三章有"自我不见，于今三年"语，可见这对夫妻还年轻，分别时间也不长。读了杜甫的《新婚别》，令人沮丧，读了此诗，感到人间尚有生机，为这对伉俪而鼓掌。然而也只有化干戈为玉帛，见夫婿于楼头的和平环境下，才能使闺中少妇消去忧愁。

千百年来，多少诗人为和平而呼吁，为黩武而诅咒，但愿今后不再成为诗人笔下的架空的祈望。

棠棣花开

《小雅》里大部分是贵族的诗，小部分是民间歌谣。当时奏诗，除了用于典礼之外，在日常生活中，也要借诗表达情意，《小雅·常棣》就是在宴饮时申述兄弟应该友爱的诗：

一

常棣之华，鄂（萼）不韡韡。凡今之人，莫如兄弟。

二

死丧之威，兄弟孔怀。原隰裒矣，兄弟求矣。

三

脊令在原，兄弟急难。每有良朋，况也永叹。

四

兄弟阋于墙，外御其务（侮）。每有良朋，烝也无戎。

五

丧乱既平，既安且宁。虽有兄弟，不如友生。

六

傧尔笾豆，饮酒之饫。兄弟既具，和乐且孺。

七

妻子好合，如鼓瑟琴。兄弟既翕，和乐且湛。

八

宜尔室家，乐尔妻帑（孥）。是究是图，亶其然乎。

常棣（棠棣）即郁李，落叶灌木，春开花，夏结果。鄂不（萼的脚）是花蒂。“裒”是聚土成坟。脊令即鹡鸰，大如鹨雀，常在水边觅食。“况”是增加。

第一章以光润的花萼相依比喻兄弟关系：人和人之间还有

抵得上兄弟那样亲密吗？这一章是总冒，下面从各方面来说明。

逢到死丧那样可怕的事情，最关心的是兄弟，即使聚葬到原野，兄弟也会来找寻。水鸟的鹡鸰，流落在陆地，它的兄弟也会来救难，看看那些平日的好朋友，不过增加一声长叹罢了。即使平时曾经在家中相互争吵，等到受了外来的欺侮，便会共同抵挡，那些好友就一直不曾出力帮助（戎）。

丧乱停止，既安且宁，兄弟便不如朋友相亲。言下之意，似乎朋友只能共安乐，兄弟才能共患难。这是闲笔，当真安宁时兄弟不如朋友，也非人情之常，所以接下来用整章专写：陈列着竹制的笾，木制陶制的豆，里面盛着菜肉和果子，大家痛饮一番。兄弟到齐了，和睦高兴的情意充满心中，也促进了夫妻的恩爱，就像琴瑟的和谐。感奋之余，不禁反复言之。

“安定你的家庭，舒展你的妻和孩子”，把这两句话深思熟虑，道理不是这样明白了的吗？

兄弟为五伦之一，属天伦；夫妇、朋友，属人伦。后世以花萼、棠棣、鹡鸰、孔怀比做兄弟之谊，即从这首诗中取义。唐明皇和他兄弟很亲爱，曾于宫中建花萼相庆之楼，藉此可以望见诸弟的第宅，又曾自书《鹡鸰颂》，故宫博物院曾影印过。郭沫若写刺客聂政及其姊聂荣（荌）死节的历史剧，剧名即为《棠棣之花》。以手足喻兄弟之亲的，则始于梁朝邵陵王萧纶与元帝萧绎书："岂可手足肱支自相屠害。"

《常棣》这首诗，前人以为周公惩罚管、蔡之后（参见《周公恐惧流言日》篇），想起文王、武王欢宴兄弟时的情景，不禁起了怜悯之心，乃作此诗，委屈致意。

说作诗的人是周公，当然不可靠，说周公事后有矛盾心理，倒是可能，因为管、蔡和武庚究竟不同，武庚不甘心于商朝灭亡，管、蔡流言，并非纯然要中伤周公，他们的原来意图，还在忠于成王，忠于周室。造谣固然可恶，但无风不起浪，产生流言的复杂因素却要分析。周公是大圣人，事后悔憾，也是可能的，历史总是夹杂无限的可能性。

嵇康曾写过《管蔡论》，实在是一篇性格化的好文章。文中盛推二叔为服教殉义、愚诚愤发的忠臣，只因不明白周公践政是权宜之计，因而遭祸，但嵇康又不得不说周公之诛管蔡是得宜的。他写此文，和他的离经叛道、爱抒异见的狂放倔犟性格固有关系，最后他自己也吃了性格的亏而被杀，"《广陵散》于今绝矣"。但说明对所谓管蔡流言，古来原有人说过公道话，老是一鼻孔出气，如袁宏道所谓"顺口接屁"，又有什么意思呢？

杨柳依依与萧萧马鸣

读过中国古代史的，都知道北方有一个游牧部族叫匈奴，常常和汉族发生冲突。昭君出塞，文姬流落，都在匈奴。汉高祖逝世后，匈奴的君主冒顿上书吕太后，书中竟以侮弄性的亵语说：“陛下（指吕太后）独立，孤偾（兴奋）独居。两主不乐，无以自虞。愿以所有，易其所无。”太后愤而欲斩使者，后以季布之言而止，于此也见匈奴的放肆。

匈奴之名，始于秦汉，西周时称玁（猃）狁，春秋时称北狄，也是当时对汉族威胁最大的一个部族，《小雅》中有好几首诗写到与玁狁的作战，《采薇》是著名的一首：

一

采薇采薇，薇亦作止。曰归曰归，岁亦莫（暮）止。靡室靡家，猃狁之故。不遑启居，猃狁之故。

……

三

采薇采薇，薇亦刚止。曰归曰归，岁亦阳止。王事靡盬，不遑启处。忧心孔疚，我行不来。

四

彼尔（苶）维何？维常（棠）之华。彼路斯何？君子之车。戎车既驾，四牡业业。岂敢定居，一月三捷。

……

六

昔我往矣，杨柳依依。今我来思，雨雪霏霏。行道迟迟，载渴载饥。我心伤悲，莫知我哀。

第一章写出征的士兵，平时只能采野生的豌豆充饥，采了之后又长了出来，点明驻防的过程，逗出下文逾期不归：本来说是期满还家，如今眼看年终到了，尚无归讯。这在古代，也是常事，陈琳的《饮马长城窟行》，即写役卒要求如期回家，不要久留，反遭主管官吏的叱责。

古人席地而坐，坐与跪都是两膝着席，所以没有多大分别。诗中的"启"是小跪，稍将腰部伸直；"居"指坐，臀部贴在脚上。这两句形容奔走防地，无暇休息。

到第三章时，豆叶已经粗硬，时间又到小阳春（夏历十月）。当王差还没有尽期，心中十分忧愁，只怕不得归还，生离犹如死别。

第四章由原野上盛开的棠棣，接以主帅的高大之车（即"路"），由四匹高头雄马驾驶出动，依靠官兵协力，定能一月三捷。

游牧部族勇悍而飘忽，作战都是骑兵步兵，所居多在险阻的山谷，有利则进，不利则退，不以逃遁为耻。汉族所居多在平原，善用车战，兵车不能深入山险之处，所以汉族和戎狄作战，即使获胜，也极艰苦，第五章的"岂不日戒，猃狁孔棘"，便是说猃狁厉害，不易对付，所以要天天警惕他来袭击。

当时猃狁确是中国之患，常常使王室震荡，人民受难，兵士固很辛苦艰险，但把兵力用于国防上，还应当为历史所肯定。

末章写战士还家，抚今追昔，百感盈怀，诗意通顺明白，不必诠释，全诗的文学价值也在这一章，方玉润《诗经原始》评为“绝世文情，千古常新”。《小雅·出车》也写征猃狁事，第四章云“昔我往矣，黍稷方华。今我来思，雨雪载涂（途）”，便不及《采薇》之自然生动。

王夫之《薑斋诗话》卷上评《采薇》“昔我”四句云：“以乐景写哀，以哀景写乐，一倍增其哀乐。”但感染力虽强，却又不用花大力气，就因为情真；情真才能发挥审美上的强烈效果。

沈德潜《说诗晬语》说：“颜之推爱‘萧萧马鸣，悠悠旆旌’，谢玄爱‘昔我往矣，杨柳依依’四语。”“萧萧”二句见《小雅·车攻》，《颜氏家训·文章》以为王籍《入若耶溪》的“蝉噪林逾静，鸟鸣山更幽”二语，实生于此。《车攻》的“萧萧马鸣”是静中有动，“悠悠旆旌”是动中有静，因这时大猎归来，马于奔驰后停在道旁，从容长鸣；旆旌迎风而动，却已安插在位置上，于悠闲中又显出军营的整肃森严。

杜甫《后出塞》之二“落日照大旗，马鸣风萧萧”，即是用《车攻》语意，用得雄浑开阔，但他把“萧萧”作风声，当是从荆轲“风萧萧兮易水寒”来，他的《兵车行》“车辚辚，马萧萧”，原是以“萧萧”作马鸣解。但王嗣奭《杜臆》以为《车攻》的“萧萧”，原非马鸣声，杜诗加一风字，“更为爽豁”。杜诗加风字，原无不可，但把《车攻》的“萧萧”说成非马鸣声，那就错了。原诗以萧萧形容马鸣，以悠悠形容旗飘，对仗和含义，都是紧密而明白的。

哀鸿与黄鸟

古人诗文中，常以哀鸿比喻悲痛苦难、流离失所的人。这一语词的来源，出于《小雅·鸿雁》：

一

鸿雁于飞，肃肃其羽。之子于征，劬劳于野。爰及矜人，哀此鳏寡。

二

鸿雁于飞，集于中泽。之子于垣，百堵皆作。虽则劬劳，其究安宅？

三

鸿雁于飞，哀鸣嗷嗷。维此哲人，谓我劬劳。维彼愚人，谓我宣骄。

这首诗是服役者为其主人筑墙建宅，有愤而作，诗中以鸿雁自比。为了服役，只得振动双翅，飞向田野，同伙的都是可怜的苦人儿，连鳏夫（老而无妻）寡妇也不能幸免。经过辛苦的操作，终于筑成了百丈的高墙，可是自己又到哪里安身呢？

鸿雁在空中嗷嗷哀叫，明白的人，说我们辛苦，昏庸的人，反说我们胡闹。可见这些服役者确曾发过牢骚。

这个时代是人不人的时代。《周礼·秋官·朝士》：“凡得获货贿（财物）、人民、六畜者，委于朝，告于士，旬而举之。大者公之，小者庶民私之。”这里的货贿、六畜，指遗失的无主的，人民指罪犯、奴隶、逃亡的人。得到以后，就交给官府，重大的归公家，微小的归私人。一说“人民”指七岁以下幼儿，那就是当奴婢用了。所谓耕当问奴，织当问婢，说明奴婢是当做劳务工具的。

《左传》昭公七年，记楚庄王建造章华宫，陈无宇的守门人逃到章华宫里，陈无宇便想入宫逮捕。这个守门人便是奴隶，可见当时奴隶有逃亡的。《尚书·费誓》说：“臣妾逋逃。”注云：“役人贱者。”也是指奴婢想逃走。

《小雅》中还有一首《黄鸟》：

二

黄鸟黄鸟，无集于榖[1]，无啄我粟。此邦之人，不我肯穀。言旋言归，复我邦族。

……

三

黄鸟黄鸟，无集于栩，无啄我黍。此邦之人，不可与处。言旋言归，复我诸父。

诗写人民离乡背井，来到他国，却又受尽剥削和欺凌，觉得还不如回到本土去。这里的黄鸟指黄雀，《周南·葛覃》的“黄鸟于飞”指黄莺。诗的开头，和《魏风·硕鼠》的“硕鼠硕鼠，无食我黍”相同。诗中人离国时或非逃亡，但原来必对本国有不满之心，这时等于是流亡者了。郭沫若在《中国古代社会研究》中说：“痛恨本国的硕鼠逃走了出来，逃到外国来又遇着有一样的黄鸟。天地间哪里有乐土呢？倦于追求的人，他

① 榖，落叶乔木，树皮可做纸，与下文“不我肯穀”的“穀”是两个字。穀即谷，是谷麦之谷，这里是养育的意思。

又想逃回他本国去了。”这是将诗中人也看做逃亡者。

《小雅》中大部分是西周时的作品，当时周王朝还稳固完整，但在《鸿雁》里，被奴役者的怨恨情绪已非常明显，在《黄鸟》里，则百姓先由对本国的不满而出走，后来流落天涯，又有归去来兮之思，只是本国不能再让他伤心了。

哀鸿遍野，黄雀在林，茫茫大地，无枝可依，唯有诗人借鸟兽为民抒恨而已。

赫赫的尹太师

西周至春秋，农桑畜牧极为发达，《小雅·无羊》说："谁谓尔无羊？三百维群。谁谓尔无牛？九十其犉。"羊群多至三百头，牛则十头中有九头是身高七尺（古尺短）。又如《甫田》说："乃求千斯仓，乃求万斯箱（车厢），黍稷稻粱。"贵族对农产品占有的欲望越来越强烈了，宫室、园囿的兴建也在增加，生活上因而被酒色财气（意气）所迷醉腐蚀，导致了朝政的败坏昏暗，忠良去位奸佞当权，《小雅·节南山》就是一首富有史料价值的政治诗，陈子展的《雅颂选译》就说诗中的"太师尹氏当是中国最古最典型的一个官僚主义者"。太师与太傅、太保称三公，其言行为天子所师法。

一

节彼南山，维石岩岩。赫赫师尹，民具尔瞻。忧心如惔，不敢戏谈。国既卒斩，何用不监？

二

节彼南山，有实其猗。赫赫师尹，不平谓何？天方荐瘥，丧乱弘多。民言无嘉，憯莫惩嗟。

三

尹氏大（太）师，维周之氐。秉国之均，四方是维。天子是毗，俾民不迷。不吊昊天，不宜空我师①。

四

弗躬弗亲，庶民弗信。弗问弗仕，勿罔君子。式夷式已，无小人殆。琐琐姻亚，则无朊仕。

五

昊天不佣，降此鞠讻。昊天不惠，降此大戾。君子如届，俾民心阕。君子如夷，恶怒是违。

---

① 师，众多。

六

不吊昊天，乱靡有定。式月斯生，俾民不宁。忧心如醒，谁秉国成？不自为政，卒劳百姓。

七

驾彼四牡，四牡项领。我瞻四方，蹙蹙靡所骋。

八

方茂尔恶，相尔矛矣。既夷既怿，如相酬矣。

九

昊天不平，我王不宁。不惩其心，复怨其正。

十

家父[1]作诵，以究王讻。式讹尔心，以畜万邦。

全诗以高峻而多岩石的南山兴起：南山岩岩，是大家共见

① 家父，人名。

的，就像赫赫的尹太师为万民所共睹一样，可是大家敢怒而不敢言，连戏话也不敢说。眼看国脉就要割裂，为什么不反省一下？由于执政不公平，不但人怨，并且天怒，故而丧乱频起，人民也没有好话可说，却又不曾使太师儆戒自己。

太师本是一国砥柱，四方仗他维护，天子仗他辅助，这样才使人民不入迷途。恨起来要怪上天太不怜惜，不该使众人穷苦得空空如也。那太师既不亲掌国政，又不信任我民。用人已不问不察，对贤人可不能再欺弄了。莠政应当削除制止，不要被小人所危害。那些庸碌无能的亲戚，别让他们占据高位要津。

至此又怨上天不公允不仁慈，把大祸与灾难下降人间。但怨天不如求人，唯有盼望君子到来，使民愤平息。君子是公平办事的。憎恶和愤怒便会消散。可叹上天仍不哀怜，祸乱没有停止，每月都在发生，民不安居，如醉未醒。究竟谁在执掌国之成规？不亲自秉政，结果自然苦了百姓。

不如驾起四匹脖子粗肥的雄马，向四边观望，又觉得局促不安，无地可奔。尹太师却喜怒无常，当恶意正旺盛时，眼光就向着长矛，等到恶意消除而高兴时，又像和客人的举杯对饮。

到这时第三次责怪上天，使得吾王不安宁。可是尹太师非但不儆其过，反怨人家的正直。要问这首诗是谁作的？就是我这家父，目的为了追究凶祸的原因在尹氏，还是盼望你改变心意，抚慰万邦。

全诗句法错落，感情激越，却不乱方寸。第一章起得严峻而有声势，“忧心如惔，不敢戏谈”两句，太师之威如画。末两句虚喝一笔，领起全局，当时周室未亡，危言耸听，有激使然。从末章看，诗人实是希望幸而其言不中。第二章“不平谓何”，下面接以由不平造成的恶果，天灾固常因人祸而加剧。第三章先特书“太师”，后申述和国家安危休戚的息息相关。第四章具体指出不平的事实，“琐琐”两句，实千古官场的惯性陋风。第五章仍以恳切之心，希望从善如流，则诸怨尽去，天心可回。诗人还是不愿说绝话。第六章的“不自为政”与姻娅朊仕，政出私门，原有因果关系。第七章因失望而欲驾车他去，却又觉得无所适从，正见得沉痛凄苦。第八章写尹氏反复无常，即是接触到他的性格。第九章点出“王”字，含忠君爱国之诚，亦孤臣孽子之心。第十章结出作诗原因，依然期望太师能改正过失，造福邦国，可谓全诗的归宿。方玉润《诗经原始》说：“然非忠诚为怀，不计利害，亦孰肯以一身当尹氏之怒而不辞者？呜呼！家父亦可谓为人之所不能为者矣，岂不壮哉。”方氏是旧社会下的文士，但这样的话，何尝不可适用于后世？凡是警世通言，自能历久常新。

天人大变

《小雅》的《节南山之什》，诗仅十篇，却集中地反映了当时周王朝君昏臣佞，天灾人祸，万家墨面，怨声载道的现实内容，篇篇都是政治讽喻诗，艺术上也很完美，要认识西周和春秋前期的朝政面目，《小雅》是第一手资料。

前面已介绍过《节南山》，第二篇是《正月》，诗中悲悼西周的覆亡，痛恨贵族的昏暴。作者是官吏。接下来是《十月之交》，作者也是官吏，即现代的公务员，可见当时不但民间怨恨，官吏也在诅咒斥责：

一

十月之交，朔月辛卯。日有食之，亦孔之丑。彼月而微，此日而微。今此下民，亦孔之哀。

二

日月告凶，不用其行。四国无政，不用其良。彼月而食，则维其常。此日而食，于何不臧。

三

烨烨震电，不宁不令。百川沸腾，山冢崒崩。高岸为谷，深谷为陵。哀今之人，胡憯莫惩？

四

皇父卿士，番维司徒。家伯维宰，仲允膳夫。聚子内史，蹶维趣马。楀维师氏，艳妻煽方处。

五

抑此皇父，岂曰不时？胡为我作，不即我谋？彻我墙屋，田卒污莱。曰予不戕，礼则然矣。

六

皇父孔圣，作都于向。择三有事[1]，亶[2]侯多藏。不慭遗一老，俾守我王。择有车马，以居徂向。

七

黾勉从事，不敢告劳。无罪无辜，谗口嚣嚣。下民之孽，匪（非）降自天。噂沓背憎，职竞由人。

八

悠悠我里，亦孔之痗。四方有羡，我独居忧。民莫不逸，我独不敢休。天命不彻，我不敢效我友自逸[3]。

十月初一那天，出现了日食，这是可怕的凶兆。在此之前，曾经发生过月食。日月显示凶象，因为它们不遵循轨道，四方所以没有善政，因为不用贤良。古人对月食不如对日

① 有事，犹言“有司”。

② 亶，诚然，实在。

③ 这句是“我不敢，效我友自逸”的意思，作一句读。

食的惊恐，《春秋》中记日食而不记月食。所以诗里说，月食还是常态，日食才是何等不吉利。

想起那一年闪电发出强烈的光芒，大家吓得不安宁，又暴躁。刹那间百川沸腾了，山顶破碎下崩了，高岸化为洼地，深谷变成山陵。可惜到了今天，执政者不引以为戒。据《国语》，周幽王二年曾发生大地震，诗中说的或许是追溯之词。

促使天怒人怨的是谁呢？一共八个，总领朝政的卿士叫皇父。周之卿士，相当于后来的丞相。主管教化的司徒叫番。辅佐卿士的宰叫家伯。主管天子、王后饭食的膳夫叫仲允。主管人事和法令的内史叫棸子。主管天子马匹的趣马叫蹶。主管监察的师氏叫楀。加上幽王的艳妻褒姒，把这七人安置在高位，形成妻党，狼狈为奸。于是小人用事于外，嬖妾蛊惑于内，国家还能成体统吗？

"抑"是叹词，义同"唉"。皇父原是六卿之长，他哪里管你是不是农闲时节（即号令不时）？凭什么叫我去服役？也不和我商量。我的屋墙也被拆毁了，弄得低地盈水，长满野草，居然还要说："我没残害你，是礼法上规定了的。"这样一来，皇父便显得很圣明，就此在向邑（今河南济源县南）另筑都城，选中了三个官员，果真是有积储的富豪，连一个旧臣都不肯留下守护王室，只要有车马的，统统搬往向邑。

我也只得谨慎从事，不敢说劳苦，却还受谗口的中伤。下民的灾祸，原非从天而降。只因这些人碰头时成群议论，转过背就憎骂，什么都做得出来。故里悠悠，也有因忧愁而发病的。看看四面的人倒很优裕，我却独自担心。人没有不想安逸，唯有我不敢休息。上天已失常道，我是王室旧臣，故而不敢像僚友那样苟安。

这首诗前半写天变灾异，后半谴责皇父，尤斥其迁往向邑。中间由皇父而及六臣，由六臣而及艳妻褒姒。《正月》篇也说："赫赫宗周，褒姒灭之。"方玉润《诗经原始》所谓"众贤臣辅之而不足，一褒姒灭之而有余"。但光是一个艳妻，未必真能倾城覆国，必须有志同道合，存心要使王朝断送，百姓遭殃的一批人，诗中的七个大员，只是被诗人指了名的。其次，一个王朝的灭亡，本非一夜之间所能完成。础润而雨，厉王监谤，迹象已见。皇父所以要带同富豪迁居，实已窥见当时政局危机的严重。顾炎武《日知录》卷三：皇父以柄国之大臣，而营邑于向，盖亦知西戎之已逼，王室之将倾，"然不顾君臣之义，而先去以为民望，则皇父实为之首"，因斥为"鄙夫之心"。也使我们看到西周的高层统治者的真面目。

在艺术技巧上，第三章写天崩地裂的惨怖景象，用字浅明，至今读来，依然震魂慑魄。第五章"曰予不戕，礼则然矣”。寥寥二语，口吻如闻。皇父所谓“礼”，其实就是权就是势。

幽王和褒姒的行乐之处在骊山，骊山本秦岭的支阜。到了唐代，骊山华清宫的温泉，又是杨贵妃的洗浴之处，温泉从玉莲花中喷出，就像现代的淋浴一样，据说这白玉石的莲花还是安禄山命范阳工匠雕作的。

最后是天文上的，也即科学上的。日食并非天灾，不像水旱、地震那样会造成灾难，陈高傭《中国历代天灾人祸表》即未列日食。但古人看到自然现象上一些偶然性的不可抗的突变，尽管无害于人，也会紧张起来，民间还有鸣锣放炮的。方玉润说：“日蚀虽非真厄，而其象则成厄象，象著而气亦足以相感，此圣王之所以畏也。”后面几句，说得陈旧些，但古人的认识只能这样。

这首诗有一个时代上问题：有人说是周厉王时作的（公元前856年），有人说是周幽王时作的（公元前781年）。两说分歧，作为科学的判断是诗中三句话：“十月之交，朔月辛卯，日有蚀之。”十月指周历，夏历是八月。朔月是月之朔日，即初一，辛卯指用干支记日。用公历说，那一天便是公元前776年9月6日。从梁代虞门起，就已推定这天日食在幽王六年十月初一，至元代而愈精。

现代天文学家陈遵妫说：就日食的纪事来说，中国有世界上最早最多的纪录。下即举本诗这三句话，虽较巴比伦最早的日食纪事早了十三年，但在中国这个古国里，自然不能认为最早。殷代甲骨卜辞中有“乙卯允明霍，三臽食日，大星”的记录，便是指天亮后发生日全食现象，三臽指全食时所见的火焰，即日珥，同时见到大星。虽不能确定它所发生的正确日期，但发生在公元前十三、前十四世纪则毫无疑问，“这才是世界上最古而可靠的日食和日珥的纪事”（引自陈子展《雅颂选译》）。也是史学与科学结合的例子。

从《蓼莪》谈到孝道

旧时父母死去，丧家常以白布写上“昊天罔极”的横额，这一语词的出处在《小雅·小旻之什》的《蓼莪》：

一

蓼蓼者莪，匪（非）莪伊蒿。哀哀父母，生我劬劳。

……

三

瓶之罄矣，维罍之耻。鲜民之生，不如死之久矣。无父何怙，无母何恃。出则衔恤，入则靡至。

四

父兮生我，母兮鞠我。拊我畜我，长我育我。顾我复我，出入腹[1]我。欲报之德，昊天罔极。

五

南山烈烈，飘风发发。民莫不谷，我独何害？

蓼蓼是长大貌。莪是蒿之一种，茎抱根而生。自从失去父母，已非抱根之莪而为普通之蒿。诗中人因服役外出，不能侍养父母，尽其孝道，说起来也是在上者的过失，就像酒瓶空了，也是酒坛的耻辱。这两句可谓奇峰特起。一个孤苦的人，不如趁早死去，这两句形容孤子的极度悲痛。无父无母，无所依附，出门含悲，入门仿佛未到家里。

父母对我的抚爱、养育、保护、抱持的恩德，如同苍天的没有尽头一样。南山虽然险阻，飘风虽然急促，别人却能侍养父母，我怎么独遭大祸？

诗中首尾两章，都用比兴手法，第四章连用六个“我”字，人子的自出生至成长的父母养育辛苦过程尽在其中。“瓶之罄矣，维罍之耻”两句，又反映了丧乱之世，骨肉分离之苦。

晋王裒，因其父被司马昭所杀，遂隐居教书为业。后母

① 腹，这里指抱。

殁，读“哀哀父母，生我劬劳”句，往往三复流涕，门人乃不再读此诗。

《蓼莪》所以为人传诵，因为他感情真实，不是依靠几滴廉价的眼泪，孟郊的《游子吟》也是因为感情真实而引起人的共鸣，他写这首诗时已经五十岁了。

孝道原是宗法制度的产物，要求子弟保证服从父兄，确立家长专制，所谓“天下无不是的父母”，因而也带来了奴性。发霉了的孝道规矩，固然应当批判，但儿女对父母的侍养尊敬，还是应当看做义务和责任。“养儿方知娘心苦”，母亲的十月怀胎直至抚养儿女长大成才，尤其辛勤艰苦。到了儿女成家立业，父母也已年老衰疲。这时候，对他们的冷暖痛痒，更需要关心照料，别人的帮助毕竟是浮面的不贴肉的。

鲁迅和周作人对鲁太夫人都是很尊敬孝顺的，看看鲁迅给鲁太夫人的信札以及“梦里依稀慈母泪”的诗句，就可见到他的孝心。鲁太夫人逝世后，周作人用文言写的那篇文章，记忆中有这样两句话：“凡为人子皆不欲死其亲，作人之力何能及此。”也于平实中见沉痛。但周氏昆仲对“二十四孝”，却抨击讽刺，不遗余力。①因为这些孝行，不但虚伪、昏庸和怪僻，而且残

① 鲁迅文，见《朝华夕拾》。周作人文，见《知堂集外文》。

忍。例如郭巨埋儿，明清人即已指摘。郭巨欲埋子掘地时，忽得黄金一釜，上云：天赐郭巨，官不得取，民不得夺。那岂不是鼓励人做了残忍的事，就能获得谁也不能争夺的横财吗？

邓伯道（邓攸）在战乱中弃子求侄，“昏妄人也必须说他将儿子捆在树上，使他追不上来才肯歇手”（鲁迅）。用今天的观点看，其实是一种不人道的行为。老莱子诈跌仆地以娱亲，那是在教孩子行诈。师觉授《孝子传》说是老莱子“为亲取饮，上堂脚跌，恐伤父母之心，僵仆为婴儿啼”。虽稍近情理，总感到是在做戏。

子路负米，鲁迅说还可勉力仿效，周作人说：“须要母亲啮指，这也是无从模仿的。”但如果单是负米，没有啮指，也谈不上什么孝行。其中黄香扇枕，据《东观汉记》，黄香九岁丧母，暑天为父亲扇床枕，寒天以身温席，如果现代人对父母冷暖多一点关心，那也还是必要的。“二十四孝”附有图，旧时多作为训蒙读物，但像郭巨埋儿、伯道弃子那样故事，儿童们读了，就会吓得哭起来。

我们批判了家长专制下的孝道，却又感慨于为了半间房屋，三顿饭食，使老人受尽讥骂虐待，甚至驱逐出门的新闻，在目前的报纸上时有所见。“孝子”绝迹，逆子增加，也不是关心世风者所希望的。

瓜瓞绵绵

西安东郊的半坡遗址，是中华民族祖先由穴居发展而为半穴居的实况留真，也是考察仰韶文化的重要凭证，因而吸引国内外学者与旅游者的兴趣。如果参观过半坡展览馆，再读《大雅·绵》，你就会对我们这民族瓜瓞绵绵的成长过程，从一公尺泥土，几百字的诗歌中，发生更深切的感情，这些文物艺术，最初都是先人们用生命作成的：

一

绵绵瓜瓞，民之初生，自土沮漆。古公亶父，陶复陶穴，未有家室。

二

古公亶父，来朝走马。率西水浒，至于岐下。爰及姜女，聿来胥宇。

三

周原朊朊，堇荼如饴。爰始爰谋，爰契我龟[①]。曰止曰时，筑室于兹。

四

乃慰乃止，乃左乃右。乃疆乃理，乃宣乃亩。自西徂东，周爰执事。

五

乃召司空，乃召司徒，俾立室家。其绳则直，缩版以载，作庙翼翼。

六

捄之陾陾，度之薨薨。筑之登登，削屡冯冯。百堵皆兴，鼛鼓弗胜。

---

① 古代用龟甲钻一小孔，经火灼后，从它裂纹形态上来占卜吉凶。

七

乃立皋门，皋门有伉。乃立应门，应门将将。乃立冢土，戎丑[1]攸行。

八

肆不殄厥愠，亦不陨厥问。柞棫拔矣，行道兑矣。混夷駾矣，维其喙矣。

九

虞芮质厥成，文王蹶厥生。予曰有疏附，予曰有先后。予曰有奔奏（走），予曰有御侮。

在《周朝的创业诗》中，曾经提到古公亶父（太王）迁居周原的事，《绵》是以史诗形式，具体而细致地记述古公经营发迹的故事。

瓞是小瓜。大瓜由小瓜成长，成长后又绵绵而生小瓜。这

① 戎丑，这里是众多意思。古代所谓“丑类”，有时也指可以相比况的同类事物，并非全是贬辞。

一句实是诗人怀念先人、语重心长的发端之词，又颇饶缠绵的诗情。

周族开始时由杜（土）水来到岐山的漆水之边。文王的祖父古公，因为刚刚到达，没有房屋，只得从旁挖山洞，向下掘地洞，即从周族的发祥地写起。接下来是古公清早骑马沿着西水岸，到了岐山之下，和他妻子审察地势，准备建立宫室。姜女即太姜，诗中特标一笔，说明太姜的辅助劳绩。

周原的土地很肥沃，连带有苦味的堇、荼的野菜也像麦芽糖。再经过和大家商量，向龟甲占卜，龟兆说这是可以安居，并且立刻动手的好地方，大家更感到心定情依，于是划定区域，修界治田，泄水筑垄。从西到东，人人各有分工。又叫来管工程的，叫他为司空，调配人力的，叫他为司徒。要造房子，就得用绳子吊直线，把长板绑紧柱上筑墙，来造一所庄严的宗庙。然后装着满筐的泥土，发出陾（音仍）陾之声，又把泥土注入墙中，发出薨薨之声，捣土筑墙时又听得登登和冯冯的声音。手足挥举，众声杂奏，真是有声有色。几道高墙同时兴工，为了鼓舞精神，场地上擂着大鼓，却抵不过劳动的声音。于是雄伟的外门，严整的正门都树立了，大社也建立了，准备日后给出师前的士兵来祭祷。

古公对侵犯他的混（昆）夷的愤恨并未消除，但混夷畏威奔逃，周族的声望仍不下降。还要将柞、棫这些树木拔去，使大道畅通，混夷受惊奔窜，也吃到苦头了。虞、芮两国争田事情，已经安定下来，这是因为文王的美德感化了他们的天性。我们有了亲近君长之臣，前后辅导之臣，奔走效力之臣，抗敌御侮之臣，国运怎么不瓜瓞绵绵呢？

古公在豳时，原有居室，到岐下时，那边人民还居住在窑洞，古公一群只好暂时过着“陶复陶穴”的生活，由此而筑墙营宅，中间必有一段白手起家的艰苦过程，也体现了古公的领导能力。

《孟子·梁惠王》下，记齐宣王对孟子说：“寡人好色。”孟子答道：“昔者太王好色，爱厥妃。《诗》云：古公亶父……爰及姜女，聿来胥宇。当是时也，内无怨女，外无旷夫。王如好色，与百姓同之，于王何有？”孟子是一个容易冲动的人，说话常常信口开河，强词夺理。宣王倒是很老实地以自己好货好色的缺点请教孟子，孟子却以毫不相干的太王（即古公）和姜女关系来回答，按照孟子说法，凡是有妻子的人都是好色之徒了。《论语·子罕》记孔子之言：“吾未见好德如好色者也。”这才和宣王说的“好色”原意相符合。

周室至文王而始大，但无古公，也无周族的基业。这首诗假定是周成王时作的，距今已约三千年，而艺术技巧已如此成熟生动，起句“绵绵瓜瓞”四字，便抵得上一篇大文章。

周朝始祖的出生

夏商周是为后人盛称的朝代，这三代始祖的母亲全是不夫而孕。夏禹的母亲脩纪，吞薏苡而生禹，薏苡即珠子。商的始祖，也要在下面谈到。不但如此，就是黄帝、唐尧的母亲，也是感了灵异而怀怪胎。“感”字在古籍中，常暗示一种性关系，所以古人有“圣人皆无父”之说。

在上一篇《瓜瓞绵绵》里，已经谈到周的先人古公亶父艰苦创业的事略。周的始祖后稷是中华民族农业之祖，他的名字很奇怪：弃。为什么会取上这个名字？《大雅·生民》这样写着：

一

厥初生民，时维姜嫄。生民如何？克禋克祀。以弗[1]无

① 弗，通“祓”，消除不祥。

子。履帝武敏[1]歆，攸介攸止。载震载夙，载生载育，时维后稷。

二

诞弥厥月，先生[2]如达。不坼不副，无灾无害。以赫厥灵。上帝不宁，不康禋祀，居然生子。

三

诞寘（置）之隘巷，牛羊腓字之。诞寘之平林，会伐平林。诞寘之寒冰，鸟覆翼之，鸟乃去矣，后稷呱矣。实覃实讦，厥声载路。

四

诞实匍匐，克岐克嶷，以就口食。蓺之荏菽，荏菽旆旆。禾役穟穟，麻麦幪幪，瓜瓞唪唪。

① 武，脚步，“步武”之武。敏，拇。
② 先生，头生。

五

诞后稷之穑，有相之道。茀厥丰草，种之黄茂。实方实苞，实种实褎。实发实秀，实坚实好。实颖实栗，即有邰家室。

六

诞降嘉种，维秬维秠，维穈维芑。恒之秬秠，是获是亩。恒之穈芑，是任是负，以归肇祀。

七

诞我祀如何？或舂或揄，或簸或蹂（揉）。释之叟叟，烝之浮浮。载谋载惟，取萧祭脂，取羝以軷。载燔载烈，以兴嗣岁。

八

卬[1]（仰）盛于豆，于豆于登。其香始升，上帝居

① 卬，即“仰”字，前人多释为“我”，非。元代书画家赵孟頫，字子卬。頫即“俯”字，故字子仰（卬）。又，帛书本《战国策》第十一章：“事卬曲尽从王”，十三章：“秦卬曲尽从王。”卬曲意即俯仰。

歆，胡臭亶时。后稷肇祀，庶无罪悔，以迄于今。

这是一首史诗，又是最古的传奇文学，很有吸引性，史诗往往带有传奇色彩。

当初生下周的第一代祖先是姜嫄。有一天，她在野外祭祀主管生子的神灵，想消除无子的不祥之苦。行步间踏上上帝的脚趾印痕，暗暗高兴，便在那里停顿下来。从此她怀孕了，因而十分严肃，后来便生下后稷。回想十月怀胎后，头生子非常顺利，胎衣不破不裂，又是无灾无害。可是履迹生子毕竟太奇怪，疑心因此而使上帝不安宁，不愿受她香烟，那等于徒然（居然）生下这个孩子。

她害怕了，便把孩子扔在小巷中，牛羊却来庇护喂乳。又扔在森林里，恰逢砍树人前来。最后扔在寒冰上，鸟儿张开翅膀覆盖他。鸟儿看看后稷无恙，便飞去了，后稷也呱呱而啼，啼声悠长洪亮，响彻大道。接着他会爬行了，人也显得很聪明，后来自去求食，种植大豆，大豆颗颗肥壮，麦穗沉沉下垂，麻麦茂盛，大瓜小瓜结实累累。

后稷种五谷，有他的促进成长的方法，先把许多野草除去，再来播种嘉谷，有的整齐茂盛，有的长得高高，那发育出的穗子，也很良好，纷披的谷穗，颗粒饱满。后稷便在邰地成了家，邰地在今陕西武功西南。上天继续降下佳种给他，有秬、秠两种黑黍，又有赤苗的穈和白苗的芑。黑黍遍布大地，收割后堆在田中，穈和芑也很多，抱着背着回到家门，准备祭祀神灵。

神灵怎样祭祀？有人舂米，有人簸糠，有人揉搓，使糠和米分开。淘米时发出叟叟声，蒸米时热腾腾。和大家商量考虑后，拿出脂肪做祭品，底下填上香蒿，燃烧时就发出香气。先把公羊祭路神，将它肉烧起来，串起来，祈求来年是个丰年。抬头把祭品盛在木制的豆里，又在瓦制的登里盛着。豆是一种食器，形如高足盘，“豆”字原是象形字，也有铜制的，旧时常有出土。

香气上升了，上帝安然来受享。这香气当真浓烈扑鼻，自从后稷创建祭祀的礼节，周族总算至今没有罪过。

首章写受孕之奇。二章写诞生之易。三章写保护之异。四章写天性聪明而爱好农业。五章写有功于农，受封于邰。六章写播种肇祀。七章写报天祈年。八章写周业所以绵延至今的原因。自二章至七章，都以“诞”字起句，另是一格。一说后稷本是农官名，弃因播种百谷有功，故以后稷称之。

姜嫄是有邰氏的女儿，相传为帝喾之妃，帝喾相传为黄帝儿子玄嚣的后代。但周人只独建姜嫄庙，因为她“无所配”。郑玄以为姜嫄有夫，后稷有父，却又相信感天而生之说。有人把“履帝武敏歆”解成她践着丈夫帝喾的脚趾，虽化奇为常，暗示枕席之间，那么，诗中为什么写得如此诡异怪诞？为什么忍心将孩子丢掉？也有以为是遗腹子，姜嫄怕人议论，故而丢弃，实亦强为之词。

此诗事异文奇，古今学者议论纷纷，大致可分四种：

① 这是原始社会野合杂交的现象，由事实辗转而成为传说和神话。所谓太古知有母而不知有父，就因孩子生下后，父亲可以任意离开，母亲必须喂奶，无法离开之故。只是后稷连他母亲的乳汁也未吸过。

② 这是古代私生子的模型。《史记·孔子世家》说：孔子父“纥与颜氏野合而生子”，有人说这是指孔父、孔母年龄相差过大，有人疑心他们婚前已经怀孕。《史记》又记汉高祖刘邦之父太公，于雷雨中至大泽，见神龙附刘邦母身上，遂生高祖。章太炎说：“这不知是太公捏造这话来骗人，还是高祖自造。”并记湖北有一件奸杀案，奸夫装成雷公怪形，从屋脊而下，将本夫打死。刘邦母亲和人私通，奸夫饰做龙怪的样儿，太公自然不敢进去了。（见《国学概论》，曹聚仁记）这是说，刘邦是私生子。刘邦是否太公之子，学者本有怀疑。

③《毛传》说：这是指姜嫄随她丈夫帝喾而祀天，因此

踏上帝喾的脚迹。《史记·周本纪》说，姜嫄出野，见巨人迹欲践之，“践之而身动如孕者”。所谓“巨人迹”又是什么？《史记》又说后稷被丢弃后，姜嫄见马牛不来践踏，飞鸟又来翼覆，遂以为神（圣），便重新收养。但和《生民》原诗却不吻合，野兽喂婴孩的奇事，古书中常见，如《左传》宣公四年，楚国令尹子文被其母丢弃后，即由老虎喂奶，《史记·大宛列传》记乌孙王昆莫父亲死后，昆莫被弃，由狼喂奶。

④ 完全作为神话看，不必敲钉钻脚，追究比附。如《马太福音》第一章，记马利亚从圣灵怀孕生下耶稣（虽然后人也有怀疑的）。人心好奇，琐录于此，聊佐读者之兴。

但要说《生民》是神话，那也只是姜嫄履迹而生这一点，其余却是西周时农业活动的真实写照，试看诗中的播种、收藏、祭祀等细节，何等生动具体，正如李白的《梦游天姥吟留别》，以梦境为题材，写出来无一不是现实生活里可亲可接的事物。

承前启后的公刘

后稷和古父亶父的故事，已经在前面谈过了。这中间还有一个不可忽视、承前启后的人物。一个民族之所以历经危难艰险而仍能发扬光大，屹立于大地，就因为有不少这类人物在推动着。历史永远是无限的过程，他们也可说是过渡人物，却是一种值得尊敬的过渡。

据《史记·周本纪》说，后稷的第三代孙子公刘，能继承后稷之业，《大雅·公刘》便是记述他迁豳创业的史诗：

一

笃公刘，匪（非）居匪康。乃埸乃疆，乃积乃仓，乃裹餱粮。于橐于囊，思辑用光。弓矢斯张，干戈戚扬，爰方启行。

二

笃公刘，于胥斯原。既庶既繁；既顺乃宣，而无永叹。陟则在巘，复降在原。何以舟之？维玉及瑶，鞞琫容刀。

三

笃公刘，逝彼百泉。瞻彼溥原，乃陟南冈，乃觏于京。京师之野，于时处处①，于时庐旅。于时言言②，于时语语。

四

笃公刘，于京斯依。跄跄济济，俾筵俾几。既登乃依，乃造其曹。执豕于牢，酌之用匏。食之饮之，君之宗之。

五

笃公刘，既溥既长，既景乃冈。相其阴阳，观其流泉。其军三单③。度其隰原，彻田为粮。度其夕阳，豳居允荒。

---

① 处处，上一个“处”是动词，居住。

② 言言，和悦的样子。

③ 单，通“禅”，轮流。

六

笃公刘，于豳斯馆。涉渭为乱，取厉取锻。止基乃理，爰众爰有。夹其皇涧，溯其过涧。止旅乃密，芮鞫之即。

公是称号，刘是名，笃是赞扬他的厚道好心，为公尽劳，没有安居下来，忙于修整田野，积粮上仓，收拾干粮，放进小袋和大袋。他要使大家和睦而光彩，还要张开弓，带上盾牌、干戈、斧钺（戚、扬），这样方才安心启行。

自邰迁豳之始，不能将所有部民全部迁光，所以还要治田积粮。胡承珙《毛诗后笺》说："亦可见改邑徙民，未尝全迁其故都。而欲为行者之利，先谋居者之安，此公刘之所以为厚也。"唯有厚道，乃得人心。

然后，他看中这块平原地方，人民繁多，特产丰盛，并且民情舒畅，没有怨意。他自己时而在山顶，时而在平原。他腰里佩着什么东西？是用美玉和宝石装饰的刀鞘。这是因为他初到生地，必须上山观察地形，所以随身佩刀。

民生不能无水，因而往观流逝的百川，广大的平原。登上南冈，见到一个叫京的地方，便在京师野外，使长住的有安身之所，旅居的有寄身之处，而且有说有笑。京本为地名，师为都邑通称，“京师”连称，最初见于此诗，后来遂作帝都之称。在此之前，京师称为邑。

依居京师后，随从的人威严而安详，便给予竹席矮几，使他们可坐可凭，这样，比次也很分明。因为要宴会，就把猪在圈栅捉住，用瓢来舀酒浆，又吃又喝，公刘也成为国君和族长。这是宫室落成后慰劳臣僚之宴，并且定了上下之别，亲疏之分。

土地既广既长，乃观日影上山冈，观察山南山北，想想寒暖是否合宜，又眺望流水的方向，以便灌溉。还组织军队，分成三批轮流服役。测定洼地高地，准备开荒积粮。诗中的“夕阳”指山的西面，因为要把豳人土地拓展得更宽广。

人口增加后，公刘还要营建房屋，便横渡渭水，采取供磨的砺石，供椎的锻石，基址由此而处理安妥，全靠人多物多。渐渐皇涧两岸，过涧面前都有人住，住下的人很安心，一直住到芮家湾。

诗中第三章、第五章、第六章都说到营建屋舍，观察地形，文义虽有重复处，也见得迁豳以来，人口日渐增多；人口增多而屋舍不兴建，人民如何安心服劳？

周家五迁，一迁于豳，二迁于岐（古公亶父），三迁于丰（文王），四迁于镐（武王），五迁于洛（平王），公刘为始迁之人。但这首诗是什么时候作的，却有不同说法。姚际恒《诗经通论》引金仁山说，以为《生民》、《绵》是后人所作，“若《笃公刘》之诗，极道冈阜、佩服、物用、里居之详……安有去之七百岁而言情状物如此之详，若身亲见之者？又其末无一语追述之意，吾是以知决为豳之旧诗也”。所谓“豳之旧诗”这句话不很明确，但从“若身亲见之者”及“无一语追述之意”两句来看，似指公刘时代的人所咏。他的“去之七百岁”，正是由周初至夏朝的年份。

我们现在无法确定公刘本人生活的具体年代，但至迟在夏末。夏代有文化，但至今无文字发现，所谓夏禹《岣嵝碑》，学者早已断定其为伪作。所以，谁都可以肯定说：夏代绝不可能有这样符合诗歌条件的作品。到现在为止，传世的最古文字为殷商甲骨文，甲骨文固是简单的卜辞，却由此可以推见商代的文学技术所能达到的水平，更不必说夏代，以《易经》和卜辞比，前者在文情上就远胜于后者，这是用进化的观点不难理解的。

金仁山以为《公刘》所写景物里居，只有亲身见到的人才写得出，正说明是西周时人根据对公刘的传说，又按照他们时代的自然景物、饮食起居、人事关系，并且以他们的伦理观念写成的，例如“维玉及瑶，鞞琫容刀”与“俾筵俾几，既登乃依”云云，不就是武王、成王、周公、召公们出巡、宴会时的气派排场吗？其实，就是在西周那样时代，能够写出《公刘》等作品，已经足够惊叹了。

旧时王谢堂前燕

燕子是亲近人的禽鸟，梁间幕下，呢喃软语，古人诗词中写到燕子，总是带着感情。《邶风·燕燕》中的“燕燕于飞，颉之颃之”，“燕燕于飞，下上其音”，便把它的舞姿歌声点染得灵活轻盈。

燕子的异名很多，如鳦、朱鸟、意而、玄鸟等。玄鸟也见于《诗经》，可见周代已与燕并称。玄是黑色，玄鸟的原义本是状其羽毛颜色，但在《商颂》里，却真的变得很玄秘了。

据《史记·殷本纪》，殷商的始祖叫契，母亲为有娀氏之女简狄，为帝喾次妃。有一次，“三人行浴，见玄鸟堕其卵，简狄取吞之，因孕生契”。长大后帮助夏禹治水有功。

《史记》说三人（姐妹）行浴，玄鸟堕落，当是在野外，犹可见初民社会的风俗。后稷之母姜嫄，传说为帝喾元妃，这里说简狄是帝喾次妃，那么，契与后稷竟是同父异母兄弟，两人又都是怪胎。从史学角度看，这是一笔糊涂账，从神话传说角度看，本来是万花筒，不妨姑妄言之，姑妄听之，和《聊斋志异》并观。下面是《商颂·玄鸟》原文：

天命玄鸟，降而生商，宅殷土芒芒。古帝命武汤，正域彼四方。方命厥后，奄有九有。商之先后，受命不殆，在武丁孙子。武丁孙子，武王靡不胜。龙旂十乘，大糦是承。邦畿千里，维民所止。肇域彼四海，四海来假，来假祁祁。景员维河，殷受命咸宜，百禄是何[①]。

《商颂》不分章。此诗是宋君祭祀高宗武丁乐歌，叙述商的始祖契诞生的传说、成汤的立国、武丁的中兴事迹。大意说：上帝命玄鸟降而生商的先王，居住在广漠的殷商大地。又命威武的成汤领有四方，遍令各部首领，统同据有九州。商的先王，受命如此不敢懈怠，就在武丁这样的孙子。武丁即殷高宗，为中兴之主。这样的孙子，他的王业便战无不胜。

---

① 何通“荷”。古人重音不重义，只要两个字声音相同，意义可以不管，所以先秦两汉书籍中，同声相借的字很多，到了后代，便成为文字学上一项重要学问。现代的有些简体字，如谷和穀、云和雲、斗和鬥等，也是音同字不同。

这天他驾十辆插上龙旗的车子，装上酒食前来祭供。国都附近千里之地，人民聚居所在，加上四海之内，无不来朝见；朝见的人数多极了，广大的国界围绕着黄河。因为殷商受命之宜，所以能承荷百福。

诗中并未明言吞卵生契事，因此《毛传》说：春分玄鸟降，简狄随帝喾祈祷于高禖（媒神）而生契，“故本为天所命，以玄鸟至而生焉”。这就把玄鸟说成和生契不相干，玄鸟不来，上天也要使简狄生契。但诗中也未明言帝喾夫妇同祈高禖。

最有趣的是孔颖达疏文所载王基驳王肃之说：王肃不信姜嫄履迹，简狄吞卵之说，却相信二龙生褒姒以灭周。王基相信天帝能以精气育圣子以兴帝王，因此，如果照王肃的说法，即是上帝但能作妖，不能为嘉祥，长于为恶，短于为善了。

吞卵生子的奇闻，不止简狄一人，《史记·秦本纪》，也记秦的先人有个女修，织布时玄鸟陨卵，吞而生下大业，成为秦的始祖。甚至满洲的传说，也有三女同浴池中，有神鹊衔朱果置于第三个女儿佛库伦衣中，佛库伦含吞后，便怀孕了，后生下一子，生而能言，因以爱新觉罗为姓。（《东华录·天命》）这样的奇闻还可举出几个。从许多神话看，其中的重要角色大都为女性，没有女性，神话的殿堂便显得暗淡凄清。

对待神话传说，大致有这几种，一是真的相信天地间有灵异之气。古人大多是有灵论，他们有时不相信某些鬼神，但相信冥冥中自有一种神秘的力量。二是凡神怪荒诞的皆不可信。这是极少数。三是用自己的假设，使荒诞成为合理可信，如《毛传》那样，在解释者固能自圆其说，但原来的神话传说的影子也消失了。现代某些历史剧历史小说，写作的态度很严肃，但人物的灵魂，却是作家自己的灵魂在活动，例如《王昭君》。京剧《借东风》，诸葛亮唱词有“我算定了甲子日东风必降”一句，最初编剧者原是以为诸葛亮确有特异的神通，能够刻算阴阳，后来改为“我料定了甲子日东风必降”，即是化神奇为智慧，其实仍是换汤不换药。现代的天文台，对一两天中的气象预报，尚且常常失误，三国时的诸葛亮，能料定甲子日必降东风吗？岂非仍然显得神异？果真料得定的话，也还是通过算的。俗语说“戏不够，神来凑”，这“神”其实便是偶然性，戏剧是少不得偶然性的，才子佳人戏便靠一见钟情的偶然性。

周成王封商纣之兄微子启于宋（都城在今河南商丘南），故《商颂》即宋诗，宋国实为亡国之后，孔子的先世就是宋人。今存《商颂》五篇，都是西周作品，离商朝已相当久了，因而想起刘禹锡《乌衣巷》的“旧时王谢堂前燕，飞入寻常百姓家”两句诗来。在西周的里巷之间，正有商朝的燕子在飞鸣。

殷商的玄鸟，东晋的燕子，都随着它们的主人而消亡了。但多情的诗人，却还要让它们的双翅飞翔于笔下，引起后人烟雾似的历史的朦胧之感。

国家新闻出版广电总局

首届向全国推荐中华优秀传统文化普及图书

大家小书书目

国学救亡讲演录	章太炎　著　蒙　木　编
门外文谈	鲁　迅　著
经典常谈	朱自清　著
语言与文化	罗常培　著
习坎庸言校正	罗　庸　著　杜志勇　校注
鸭池十讲（增订本）	罗　庸　著　杜志勇　编订
古代汉语常识	王　力　著
国学概论新编	谭正璧　编著
文言尺牍入门	谭正璧　著
日用交谊尺牍	谭正璧　著
敦煌学概论	姜亮夫　著
训诂简论	陆宗达　著
金石丛话	施蛰存　著
常识	周有光　著　叶　芳　编
文言津逮	张中行　著
经学常谈	屈守元　著
国学讲演录	程应镠　著
英语学习	李赋宁　著
中国字典史略	刘叶秋　著
语文修养	刘叶秋　著
笔祸史谈丛	黄　裳　著
古典目录学浅说	来新夏　著
闲谈写对联	白化文　著
汉字知识	郭锡良　著
怎样使用标点符号（增订本）	苏培成　著
汉字构型学讲座	王　宁　著

诗境浅说	俞陛云 著
唐五代词境浅说	俞陛云 著
北宋词境浅说	俞陛云 著
南宋词境浅说	俞陛云 著
人间词话新注	王国维 著 滕咸惠 校注
苏辛词说	顾 随 著 陈 均 校
诗论	朱光潜 著
唐五代两宋词史稿	郑振铎 著
唐诗杂论	闻一多 著
诗词格律概要	王 力 著
唐宋词欣赏	夏承焘 著
槐屋古诗说	俞平伯 著
词学十讲	龙榆生 著
词曲概论	龙榆生 著
唐宋词格律	龙榆生 著
楚辞讲录	姜亮夫 著
读词偶记	詹安泰 著
中国古典诗歌讲稿	浦江清 著 浦汉明 彭书麟 整理
唐人绝句启蒙	李霁野 著
唐宋词启蒙	李霁野 著
唐诗研究	胡云翼 著
风诗心赏	萧涤非 著 萧光乾 萧海川 编
人民诗人杜甫	萧涤非 著 萧光乾 萧海川 编
唐宋词概说	吴世昌 著
宋词赏析	沈祖棻 著
唐人七绝诗浅释	沈祖棻 著
道教徒的诗人李白及其痛苦	李长之 著
英美现代诗谈	王佐良 著 董伯韬 编
闲坐说诗经	金性尧 著
陶渊明批评	萧望卿 著

古典诗文述略	吴小如　著
诗的魅力	
——郑敏谈外国诗歌	郑　敏　著
新诗与传统	郑　敏　著
一诗一世界	邵燕祥　著
舒芜说诗	舒　芜　著
名篇词例选说	叶嘉莹　著
汉魏六朝诗简说	王运熙　著　董伯韬　编
唐诗纵横谈	周勋初　著
楚辞讲座	汤炳正　著
	汤序波　汤文瑞　整理
好诗不厌百回读	袁行霈　著
山水有清音	
——古代山水田园诗鉴要	葛晓音　著
红楼梦考证	胡　适　著
《水浒传》考证	胡　适　著
《水浒传》与中国社会	萨孟武　著
《西游记》与中国古代政治	萨孟武　著
《红楼梦》与中国旧家庭	萨孟武　著
《金瓶梅》人物	孟　超　著　张光宇　绘
水泊梁山英雄谱	孟　超　著　张光宇　绘
水浒五论	聂绀弩　著
《三国演义》试论	董每戡　著
《红楼梦》的艺术生命	吴组缃　著　刘勇强　编
《红楼梦》探源	吴世昌　著
《西游记》漫话	林　庚　著
史诗《红楼梦》	何其芳　著
	王叔晖　图　蒙　木　编
细说红楼	周绍良　著
红楼小讲	周汝昌　著　周伦玲　整理

曹雪芹的故事	周汝昌　著　周伦玲　整理
古典小说漫稿	吴小如　著
三生石上旧精魂 ——中国古代小说与宗教	白化文　著
《金瓶梅》十二讲	宁宗一　著
中国古典小说名作十五讲	宁宗一　著
古体小说论要	程毅中　著
近体小说论要	程毅中　著
《聊斋志异》面面观	马振方　著
《儒林外史》简说	何满子　著

我的杂学	周作人　著　张丽华　编
写作常谈	叶圣陶　著
中国骈文概论	瞿兑之　著
谈修养	朱光潜　著
给青年的十二封信	朱光潜　著
论雅俗共赏	朱自清　著
文学概论讲义	老　舍　著
中国文学史导论	罗　庸　著　杜志勇　辑校
给少男少女	李霁野　著
古典文学略述	王季思　著　王兆凯　编
古典戏曲略说	王季思　著　王兆凯　编
鲁迅批判	李长之　著
唐代进士行卷与文学	程千帆　著
说八股	启　功　张中行　金克木　著
译余偶拾	杨宪益　著
文学漫识	杨宪益　著
三国谈心录	金性尧　著
夜阑话韩柳	金性尧　著
漫谈西方文学	李赋宁　著
历代笔记概述	刘叶秋　著

周作人概观	舒　芜　著
古代文学入门	王运熙　著　董伯韬　编
有琴一张	资中筠　著
中国文化与世界文化	乐黛云　著
新文学小讲	严家炎　著
回归，还是出发	高尔泰　著
文学的阅读	洪子诚　著
中国文学1949—1989	洪子诚　著
鲁迅作品细读	钱理群　著
中国戏曲	么书仪　著
元曲十题	么书仪　著
唐宋八大家 ——古代散文的典范	葛晓音　选译
辛亥革命亲历记	吴玉章　著
中国历史讲话	熊十力　著
中国史学入门	顾颉刚　著　何启君　整理
秦汉的方士与儒生	顾颉刚　著
三国史话	吕思勉　著
史学要论	李大钊　著
中国近代史	蒋廷黻　著
民族与古代中国史	傅斯年　著
五谷史话	万国鼎　著　徐定懿　编
民族文话	郑振铎　著
史料与史学	翦伯赞　著
秦汉史九讲	翦伯赞　著
唐代社会概略	黄现璠　著
清史简述	郑天挺　著
两汉社会生活概述	谢国桢　著
中国文化与中国的兵	雷海宗　著
元史讲座	韩儒林　著

魏晋南北朝史稿	贺昌群 著
汉唐精神	贺昌群 著
海上丝路与文化交流	常任侠 著
中国史纲	张荫麟 著
两宋史纲	张荫麟 著
北宋政治改革家王安石	邓广铭 著
从紫禁城到故宫 ——营建、艺术、史事	单士元 著
春秋史	童书业 著
明史简述	吴晗 著
朱元璋传	吴晗 著
明朝开国史	吴晗 著
旧史新谈	吴晗 著 习之 编
史学遗产六讲	白寿彝 著
先秦思想讲话	杨向奎 著
司马迁之人格与风格	李长之 著
历史人物	郭沫若 著
屈原研究（增订本）	郭沫若 著
考古寻根记	苏秉琦 著
舆地勾稽六十年	谭其骧 著
魏晋南北朝隋唐史	唐长孺 著
秦汉史略	何兹全 著
魏晋南北朝史略	何兹全 著
司马迁	季镇淮 著
唐王朝的崛起与兴盛	汪篯 著
南北朝史话	程应镠 著
二千年间	胡绳 著
论三国人物	方诗铭 著
辽代史话	陈述 著
考古发现与中西文化交流	宿白 著
清史三百年	戴逸 著

清史寻踪	戴 逸 著
走出中国近代史	章开沅 著
中国古代政治文明讲略	张传玺 著
艺术、神话与祭祀	张光直 著 刘 静 乌鲁木加甫 译
中国古代衣食住行	许嘉璐 著
辽夏金元小史	邱树森 著
中国古代史学十讲	瞿林东 著
历代官制概述	瞿宣颖 著
宾虹论画	黄宾虹 著
中国绘画史	陈师曾 著
和青年朋友谈书法	沈尹默 著
中国画法研究	吕凤子 著
桥梁史话	茅以升 著
中国戏剧史讲座	周贻白 著
中国戏剧简史	董每戡 著
西洋戏剧简史	董每戡 著
俞平伯说昆曲	俞平伯 著 陈 均 编
新建筑与流派	童 寯 著
论园	童 寯 著
拙匠随笔	梁思成 著 林 洙 编
中国建筑艺术	梁思成 著 林 洙 编
沈从文讲文物	沈从文 著 王 风 编
中国画的艺术	徐悲鸿 著 马小起 编
中国绘画史纲	傅抱石 著
龙坡谈艺	台静农 著
中国舞蹈史话	常任侠 著
中国美术史谈	常任侠 著
说书与戏曲	金受申 著
世界美术名作二十讲	傅 雷 著

中国画论体系及其批评　　李长之　著
金石书画漫谈　　启　功　著　赵仁珪　编
吞山怀谷
——中国山水园林艺术　　汪菊渊　著
故宫探微　　朱家溍　著
中国古代音乐与舞蹈　　阴法鲁　著　刘玉才　编
梓翁说园　　陈从周　著
旧戏新谈　　黄　裳　著
民间年画十讲　　王树村　著　姜彦文　编
民间美术与民俗　　王树村　著　姜彦文　编
长城史话　　罗哲文　著
天工人巧
——中国古园林六讲　　罗哲文　著
现代建筑奠基人　　罗小未　著
世界桥梁趣谈　　唐寰澄　著
如何欣赏一座桥　　唐寰澄　著
桥梁的故事　　唐寰澄　著
园林的意境　　周维权　著
万方安和
——皇家园林的故事　　周维权　著
乡土漫谈　　陈志华　著
现代建筑的故事　　吴焕加　著
中国古代建筑概说　　傅熹年　著

简易哲学纲要　　蔡元培　著
大学教育　　蔡元培　著
北大元培学院　编
老子、孔子、墨子及其学派　　梁启超　著
春秋战国思想史话　　嵇文甫　著
晚明思想史论　　嵇文甫　著
新人生论　　冯友兰　著

中国哲学与未来世界哲学	冯友兰　著
谈美	朱光潜　著
谈美书简	朱光潜　著
中国古代心理学思想	潘　菽　著
新人生观	罗家伦　著
佛教基本知识	周叔迦　著
儒学述要	罗　庸　著　杜志勇　辑校
老子其人其书及其学派	詹剑峰　著
周易简要	李镜池　著　李铭建　编
希腊漫话	罗念生　著
佛教常识答问	赵朴初　著
维也纳学派哲学	洪　谦　著
大一统与儒家思想	杨向奎　著
孔子的故事	李长之　著
西洋哲学史	李长之　著
哲学讲话	艾思奇　著
中国文化六讲	何兹全　著
墨子与墨家	任继愈　著
中华慧命续千年	萧萐父　著
儒学十讲	汤一介　著
汉化佛教与佛寺	白化文　著
传统文化六讲	金开诚　著　金舒年　徐令缘　编
美是自由的象征	高尔泰　著
艺术的觉醒	高尔泰　著
中华文化片论	冯天瑜　著
儒者的智慧	郭齐勇　著
中国政治思想史	吕思勉　著
市政制度	张慰慈　著
政治学大纲	张慰慈　著
民俗与迷信	江绍原　著　陈泳超　整理

政治的学问	钱端升　著　钱元强　编
从古典经济学派到马克思	陈岱孙　著
乡土中国	费孝通　著
社会调查自白	费孝通　著
怎样做好律师	张思之　著　孙国栋　编
中西之交	陈乐民　著
律师与法治	江　平　著　孙国栋　编
中华法文化史镜鉴	张晋藩　著
新闻艺术（增订本）	徐铸成　著
经济学常识	吴敬琏　著　马国川　编
中国化学史稿	张子高　编著
中国机械工程发明史	刘仙洲　著
天道与人文	竺可桢　著　施爱东　编
中国医学史略	范行准　著
优选法与统筹法平话	华罗庚　著
数学知识竞赛五讲	华罗庚　著
中国历史上的科学发明（插图本）	钱伟长　著

出版说明

“大家小书”多是一代大家的经典著作，在还属于手抄的著述年代里，每个字都是经过作者精琢细磨之后所拣选的。为尊重作者写作习惯和遣词风格、尊重语言文字自身发展流变的规律，为读者提供一个可靠的版本，“大家小书”对于已经经典化的作品不进行现代汉语的规范化处理。

提请读者特别注意。

北京出版社